FLORET

READING

小花阅读

我们相心万有爱情

青春阅读　幸得相见

大鱼

有爱的青春陪伴者

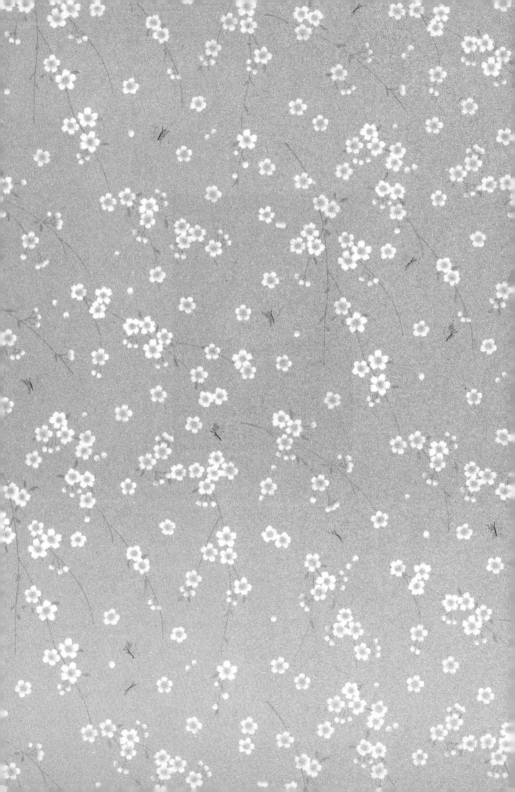

他人等送伞 我在等雨停

小花作者 著

贵州出版集团
贵州人民出版社

小花作者

| 小 花 阅 读 签 约 作 者 |

我们只写有爱的故事
大鱼文化打造95后阅读子品牌

青春阅读最年轻的阅读品牌
已独家签约十多位青春作者，期待你的加入。

C O N T E N T S

/ 目录 /

Chapter 1　时光太匆匆 001

我们相爱的时间太短，又太过匆忙。

Chapter 2　一念执着 085

喜欢你这件事，是只有我一个人知道的事。

CONTENTS

/ 目录 /

Chapter1 · 时光太匆匆

我们相爱的时间太短，又太过匆忙。

鲸落

文 / 狸子小姐

听说每一条在大海死亡的鲸，
最终会回归大海的最深处，
在那里，
重新开出花来。

·壹·

陈睿看着眼前的女孩，厚厚的病历本拿出来足足可以和他桌上的工具书匹敌，而她的包里还有一沓等着拿出来。

"算了，不用了。"他无奈地打断她的动作，然后随手拿起一本病历本，瞄了一眼时间，是三个月前的，问："这里不是让你直接住院安排手术吗？"

"我逃了。"女孩说得理直气壮，丝毫不觉得事情的严重性。

"那你现在为什么还来找我？"陈睿一向认为自己的自控能力还可以，可眼前的女孩，总是可以轻飘飘地击溃他的耐性。

女孩笑着，天真地说："因为你长得帅啊。"

陈睿紧紧抿着唇才不至于猛地蹦出一句粗话来，这是他工作这么久来，第一次被一个患者折腾成这样。

为了不全十最后败得片甲不留，他决定把主动权交到对方手上："那你是准备直接住院，还是等我安排好手术时间再过来？"

"给我开些止痛药就好，我不是很喜欢医院。"她漫不经心地说着，顺便提醒了一句，"不要上次那种，已经没有什么作用了。"

陈睿告诉自己尽量放轻松，至少应该保持该有的风度。

明明病情已经严重到片刻都不能耽搁，可她却轻描淡写地只要止痛药。

他知道作为医生，应该劝面前这位患者冷静下来，接受医院给的最合理的安排，可当他直视她的眼睛时，忽然觉得似乎没有那个必要了。

她好像比他更清楚自己的病情，如果所有药都能在药房里买到，她或许连医院的门都不愿意进。

"那今天只打点滴可以吗？"

陈睿觉得自己还是问仔细些，他并不想和任何一位患者产生任何误会。

"可以。"

见她同意，陈睿这才在病历本上写下该用的药品名以及用量。

只是在他写完后，女孩似是猛然想起，笑着说："陈医生对吧？把你的电话号码给我吧。"

陈睿不确定地看着眼前的女孩，被患者这么直接地问电话号码，还是第一次，而她眼里轻佻的味道，让他有种被戏弄的错觉。

对面的女孩耐性并不高，见他半天没反应，直截了当地解释："解释一下，我只是想万一我要投诉你之前，应该先听听你的解释。"

不可理喻，是的，她简直就是不可理喻。

明明应该是愤怒的，可是看着她弯着眼睛，笑容甜甜时，他居然真鬼使神差地在病历本上加了一串数字。

"谢谢。"她好像很满意，小心地收好病例本，又补充了一句，"对了，我叫余琼。"

"我知道。"

她是他的患者，他怎么可能不知道她叫什么。不过，她并不在意，背上包，踮着脚不慌不忙地离开。

陈睿看着她轻巧的步伐，哪里有半点患者的样子。如果不是有各项检验显示和一张张 CT 图像，他怎么也不会相信她已经病到就算手术也只是在短暂延长生命的地步。

真是一个奇怪的女孩。

这是陈睿最后得出的结论。

不过，很快，她的话好像就得到了应验。

他不过是去病房转了一圈，就看见她半靠在床上，一边吃着零食，一边在看电视。

这些都不是陈睿注意的，他注意的是她输液的速度，已经超过了一般人能够承受的了，而她的手背，已然不堪重负地肿了起来。

陈睿还从来没有见过这么不把自己当回事的人，要知道，病成这样的，应该恨不得天天住在医院，每天上好的药养着，就算再矫情，也会听从医生的安排，像她这样肆意妄为的，还真少见。

"你知道自己在做什么吗？"

陈睿向来不喜欢多管闲事，只是不知道为什么遇到她，一切就变得有些不受控制。

余琼看着陈睿自作主张调慢输液速度，谈不上生气，却是漫不经心地问："陈医生，想不到你除了会看病，还会多管闲事啊。"

"你是我的病人。"

"就算是这样，我好像也有自主权吧。"余琼淡淡地提醒。

陈睿从来没有遇到过这样的患者，却依旧礼貌地解释："从你踏进我办公室的那一刻起，你就已经将自主权交到了我手上。"

"还真是自以为是。"余琼别过脸，小声嘀咕。

"自以为是也比你强，我是无权要求你一定要进行治疗，可连你自己都放弃自己，那是对你自己的不尊重。"

余琼冷哼一声，直接拔掉手上的针头，起身准备离开，她并不喜欢听别人说教。

"你去哪儿？"陈睿问道，伸手拉住她。

"去收回放在你那儿的自主权。"说着，她看了看他抓着她的手，"我这个人向来斤斤计较，你再这样，明天就等着收到我的投诉吧。"

陈睿也不知道自己当时是为了什么，只是在她准备离开的时候，不知道从哪儿冒出了一股傻气，非要去将她抓了回来，甚至是将她按在病床上，重新插上针头，而且为防止她闹事，手紧紧地抓着她。

点滴打完后，余琼看着他的眼神似恨不得将他生吞活剥，她愤愤地警告："我一定要投诉你。"

· 贰 ·

陈睿倒不认为她只是随口说说，毕竟她离开时的那个狠样，他现在还能想起来。

可是，他看了看日历，过去了三天，连申请了许久的职称也评了下来，可投诉的事情，好似根本就没有过。

日子都像是被打乱了似的，他居然期待着有什么发生，连他都被自己的想法吓了一跳。从那天算作第一天开始计算，直到第十五天，她终于打了电话过来。

终于？他不由得一愣，没想到自己竟然有着隐隐的期盼，似乎这件事情，让他等待许久。

"陈医生，我现在报个地址，你能过来吗？"

说话的语气还是那么不可一世，可陈睿还是从细微的信息中，察觉到她现在的情况。

他没有记错的话，他上次开的药只够一个星期，就算她不是天天按时吃，依照她身体的疼痛频率，那些药也该吃完了。

"地址，把你的地址给我！"连陈睿自己都没有发现，那个意识冒出来之后，他说话的语气都有些慌乱。

得到地址后的他，甚至忘记了那只是自己会过一次诊的病人，甚至半个月前，还说要来投诉他的病人。

他马不停蹄地去了她家，火急火燎地将她接到医院，甚至担心她不喜欢待在医院，又带着药将她送回家。

这一系列的过程，发生得那么自然，甚至不可思议。

在送她回去的车上，陈睿才渐渐冷静下来。

吃了止痛药的余琼，显然舒服了很多，就连说话都有精神了些："陈医生，你还真是古道热肠。"

"嘲讽我？有了点力气就开始嘲讽我？"陈睿显然也意识到了自己的冲动，连忙逃避着她的直视，装作投入地开车。

余琼倒是来了兴致，干脆开玩笑似的问："你完全可以不理会我的电话，可是你居然真的来了，不会是喜欢上我了吧？"

陈睿看了一眼旁边因为生病而瘦到脱了形的女人，喜欢？他就算是再没眼光，应该也看不上她吧？可是被她这么一问，他居然有些慌乱。

"你到底知不知道自重？"陈睿眼神躲闪地逃避着。

"可是我喜欢你啊。如果因为这些而别别扭扭地错过了，岂不是很可惜？"

　　大概是被她的话给刺激了——一串刺耳的刹车声，以及强大的冲击力，昭告着陈睿方才那一瞬间的慌乱。他难得坏脾气地瞪着她，警告道："你要是再说一句话，我保证会把你扔下车去。"

　　就是这个样子，上次在病房吓住了余琼，今天也是。

　　她只得听话地闭上嘴巴，却还是用眼睛委屈地控诉着，最终无奈地埋下头，心里却又像是抹了蜜糖一般，甜甜腻腻的。

　　陈睿觉得遇上余琼之后，自己就变得有些不可思议。明明只是见过一次面，还闹得不愉快的人，当想到她可能有危险的时候，心脏却会紧张得突突直跳。

　　"不是说要去投诉我吗？"在给她扎好输液针管之后，大概是觉得这样干巴巴地坐着有些尴尬，陈睿忍不住开了口。

　　余琼想了想，认真地说："忽然不想了。"

　　对于她的话，陈睿倒是不觉得奇怪，就凭这两次的相处，他还是能够简单地判断她的性子，所以从她嘴里说出什么话，都是正常的。

　　输液的过程中，两人叫了一次外卖，大概是因为身体的原因，她吃不了多少食物，可还是在拼了命地吃。

　　看着她跑去洗手间吐，陈睿不由得皱起眉头，教育道："吃不下又何必勉强自己。"

　　"你不懂。"缓得差不多了，余琼才转过头解释，"好久没有和别人一起吃饭了，而且，那么好吃的东西，一定要在还能吃的时候多吃一点。"

　　听着这些，陈睿心里莫名一揪，连呼吸都变得有些困难。他是心疼的，心疼这个年纪的她应该是如花般绽放的时候，却背负着那些。

"你为什么不喜欢医院？"

陈睿觉得自己这个问题很多余，应该没有人会喜欢医院吧，那里能够救死扶伤，却不可能起死回生。

余琼半靠在沙发上，若有所思地挑了挑眉："真想知道？"稍稍停顿后，笑着说，"以后告诉你。"

此后一连着好些天，陈睿得空都会赶过去看余琼一眼。

他也不明白自己为什么忽然热心起来，身为医生多年的他，应该早就看惯了生死，不去的话，心里居然会有些不安。

而他和余琼的关系，应该也是在那个时候开始变得亲密起来。

那段时间，他们一般都待在余琼的公寓里，饿了叫外卖，偶尔余琼精神好时，也会去楼下的小区散散步。

大多时候，余琼只能闷在房间里，没日没夜地开着电视，却又不知道看什么。

身体的疼痛，会折磨得她没有办法睡着，那时候，陈睿一定会接到她的电话。

"陈医生，明天陪我逛街吧。"

现在是凌晨一点，陈睿刚刚结束一台紧急的手术，接到她的电话，他下意识地看了眼时间。

"睡不着？"他问。

"没有，就是有点想你了。"余琼巧笑着，但是陈睿能够听出她声音里细微的隐忍。

"瞎说什么！"虽然经常听到她这样胡言乱语，可陈睿多少还是有些不习惯，下意识地纠正，然后直入正题地问，"明天什么时候？"

他没有说，他正在值班，而且按照现在的情况来看，这一个晚上都不能休息。

余琼好像没有想到他会答应得这么干脆，愣了一下，才笑嘻嘻地说："你应该知道，我随时都在等你啊。"

"又开始乱说话。"陈睿无奈地摇着头，半哄半安慰地说，"先睡吧，明天精神不好我可会反悔的。"

"陈医生，再见！"余琼显然也没有一直打扰的意思。

"再见！"

相熟的同事见他这样，忍不住小声感叹："陈医生最近有些不一样了？"

不一样？

陈睿下意识地皱起眉，回想自己到底哪里不一样了。

旁边的同事已经开口解释："变得亲和了。"

是吗？陈睿笑了笑，问："我以前很不近人情吗？"

忽然想起之前有人还嘲讽他多管闲事，他忍不住摇了摇头，自己最近好像确实变得多管闲事了些。

·叁·

一大早下班，陈睿倒是没有急着去接余琼。

这种时候，她应该刚刚睡下，他正好也需要回家整理一下，一整晚的夜班，并不轻松。

去接余琼的路上，他顺便买了两份早餐。

余琼今天穿得很漂亮，嫩黄色的短裙穿在她身上难得的合身。

她显然看出了陈睿眼神里的欣赏，笑着问道："好看吧？"眼神里带着浓浓的喜悦。

"嗯。"陈睿笑着点头。他没有敷衍，今天的她，在他眼里，真的很好看。

她瘦弱的身体已经很少能够买到合适的衣服了，以前的打扮，常常都像是偷穿了大人衣服的小孩，说不出的不对劲。想到这儿，陈睿心里好像被什么猛地一撞，有些难受。

早餐是在小区附近买的，余琼好像很喜欢，将满满的一大份全吃了。

"这两天身体还好吧？"陈睿看她这样，下意识地问。

他很少会问这些，余琼的情况他一直都有关注，也一直都有让她检查，具体情况他再清楚不过，只是不知道为什么，心里竟还是抱有一点点侥幸，希望能有奇迹出现，毕竟她是个这么率真的女孩。

"昨天晚上确实疼得有些难受，不过后来睡了一觉，已经好了不少。"余琼明显一愣，却还是老实地回答。

陈睿没有继续追问。

相处下来，他对余琼也算是有些了解，自然也就知道，她其实一直在留意她自己的病情，而他没有必要一再提醒。

余琼的兴致好像很高，从坐上陈睿的车开始，就一直说个不停。

"陈医生，你昨天晚上不会是在值班吧？"

大概是察觉到身边还有一个人，余琼自言自语好半天之后，终于将话题引到了他身上。

陈睿坦然承认："还好，接完你的电话就在休息室里休息了。"

"哦……"余琼似乎回味了一下其中的意思，意味深长地点了点头，才继续问，"那你有多久没有这样出来逛街了？"

"我不喜欢逛街。"陈睿老实地回答。

余琼倒是毫不介意，笑着附和："其实我也不喜欢。"语气里夹杂着几分无奈，情绪有那么一瞬间的低落，"不过啊，最近总想去体验一下，好像还有很多事情都没有经历。"

陈睿自然明白她话里的意思，下意识地微微转了转头，最终却还是什么都没有再说。

他向来不会安慰人，更重要的是，现在这样的情况，好像说什么都有些多余。那些情况，余琼自己清楚，他也清楚，那些看似正面的宽慰，在这里反而变成了嘲讽。

照着余琼的要求，陈睿将车停在了市中心。

这时，余琼反倒是安静下来，不吵着去吃东西，也不急着去买什么，就那么看似漫无目的地走着，偶尔和陈睿说几句话。

陈睿不会主动找话题，却总是耐心回答，也不嫌她啰唆，也不嫌累人，就那么跟着。不过，就余琼的那点体力，好像也轮不到他觉得累。

果然，没走多久，余琼就提出要去临近的一家咖啡馆坐坐。

两人点了一些甜点。

余琼很喜欢吃甜食，可因为她的病情，陈睿并不是很同意她吃，不过今天，看余琼的兴致那么高，他倒是没有拦着。

一整天，两人去看了一场刚上映的电影，陈睿睡着了；吃遍了所有想吃的东西，余琼吐了两回；去了几间正好上新品的服装店，却一件衣服都没买。

等两人晚上回去的时候，余琼已经累到根本走不了路，懒洋洋地趴在陈睿的背上，嘴却还是没有停。

"陈医生，我今天很开心。"

陈睿没有接话，就这么安静地听着，因为就算他不什么都不说，余琼也能一直说下去。

将余琼送回家，帮她烧了水，看着她吃了药，他才准备离开。

"陈医生，等一下！"

嗯？陈睿疑惑地回头，揣测着她还有什么要说的。

余琼含笑走过来，身上那件嫩黄色短裙已经换下，宽松的家居服挂在她身上空荡荡的，她倒是没觉得有什么不好，用从未出现过的认真眼神看着陈睿，果决坚定地问："陈医生，我可以吻你吗？"

陈睿明显一愣，一时间不知道怎么回答。

"或者，你可以吻我吗？"余琼看着他，似是请求。

这样的情况，放在平时，陈睿一定会黑着脸说一句"神经病"然后甩手走人，甚至从此和那个人断绝联系，可是，为什么这样的事，放在余琼身上，他忽然就不知所措了。

他应该怎么回答？

拒绝？显然他开不了这个口；同意？怎么能够同意呢，他怎么能够跟着余琼一块胡闹？

在他眉头紧锁焦灼时，余琼已经毫不介意地收回目光："跟你开玩笑呢，瞧你紧张的，再见。"

陈睿看着她，张了张嘴，好半天才挤出两个字："再见！"

不知道为什么，在她解释只是开玩笑的那一刻，他心里竟然有那么一点隐隐的失落。

这样的想法，还真是该死。

· 肆 ·

哪怕早有预料，可是当余琼被紧急送到医院的时候，陈睿心里忽然像是被人灌了辣椒水，火辣辣作痛。

难怪前几天大晚上会打电话说要去逛街，难怪会莫名其妙地问那样的问题。

余琼醒来已是半夜，整个科室的医生忙了好一阵才让她的情况稳定下来，那具残破的身体，已经支撑不了多久。

"居然醒过来了。"余琼看着守在自己病床边的陈睿，状似轻松地说。因为药的原因，其实余琼并没有什么精神，完全靠硬撑着。

闻声，陈睿匆忙抬起头，看着余琼，纠结着，却最终什么都说不出口。病危通知这样的事情，宣布起来，总是那么折磨人。

"那个……"

"我知道你要说什么，我知道，我知道的，陈医生。"她费力地打断他，"不过，老天爷对我好像也还不错，至少病成这样，还有人在病床边守着。"

"你……"陈睿忽然有些懊恼自己的不善言辞，以至于在这种情况下，他完全找不到任何措辞。

"陪我坐一会儿吧。"余琼倒是不介意，微笑着，只是脸色惨白，应该是很难受的。

"嗯。"陈睿点头，动手加重了药量，将床调到合适的位置，才坐下来，认真得像是听课的学生。

　　"陈医生，你这人吧，其实无趣得很。"

　　让他陪着坐一会儿，他就真的只是干巴巴地坐在那儿。

　　"嗯。"陈睿倒是不否认，他出身医药世家，爷爷是著名的中医，父亲亦是外科专家，而他现在也在外科崭露头角，从小陪着他的，除了满屋子的中药，就是一本本厚得可以砸死人的工具书，怎么可能有趣起来。

　　"我了解的那些，你应该也不会喜欢听。"陈睿坦诚地解释。

　　"所以，我才不喜欢医院，因为这里的人，要么油嘴滑舌，要么古板无趣。"余琼扁着嘴评价。

　　"抱歉！"

　　被他这么一说，余琼倒是没了兴致，干脆半闭着眼睛，不再说话。

　　不知道过去了多久，余琼忽然没头没脑地问了句："陈医生知道鲸落吗？"

　　陈睿今天不用值班，就一直守在她旁边。这会儿被她一问，他猛地抬起头，正好对上余琼的眼睛，心弦一颤，脸上却还是不改平静，诚实地摇了摇头："你说吧。"

　　"那可是个很美的风景呢。"余琼感叹，眼睛亮闪闪的满是喜欢，大概是想换个姿势认真地说，最后却只能微微偏了偏头，对着陈睿。

　　"听说每一条在大海死亡的鲸，最终都会回归大海的最深处，在那里，重新开出花来，而那一过程，被科学家们称之为鲸落。"

　　余琼由衷地笑着，一改平时笑容里的轻巧，反而看得陈睿胸口闷闷的，只听见她说："所以陈医生，死亡带来的未必是结束，也许是另一个开始。"

　　"这就是你一直不愿意接受治疗的原因？"陈睿也不知道自己为什么会忽然有些愤怒。不，不是愤怒，而是难受，用愤怒来掩盖的，浓浓的难受。

　　余琼被他吓了一跳，稍稍平复之后，认真地解释："我有配合治疗的，我一直很积极地在配合治疗，一台接着一台的手术，永远吃不完的药，那种不知道推进手术室还能不能出来的日子，我经历了整整三年。"

　　"可是，最后还是没有把我从死神身边拉回来。你说是不是我太美了，死神他老人家看上我了呢？"

　　"对不起！"陈睿埋下头，深深地愧疚着。

　　余琼倒是不介意，反而笑了起来："真是遗憾，怎么就没有把你追到手呢。"

　　"嗯？"陈睿听得一愣，反应过来她又在拿自己找乐子，却难得没有纠正，"那你要不要现在追追看？"神情认真。

　　余琼似乎没料到他会这么回答，半天说不上话来。过了好半天，她才说："算了吧，太累了。"

　　陈睿眼里的失落一闪而过，安慰道："那就睡会儿。"

　　余琼点了点头，缓缓闭上的眼睛，却在下一秒又忽然睁开，直直地看着陈睿："陈医生，你会记得我吗？"

　　本来已经准备离开的陈睿脚步一顿，转过身来，笃定地点点头："会的。"

　　"会一直记得吗？"余琼不放心地又问了一遍。

　　"会的。"

　　听到这个回答，余琼说了一句"真好"，满意地闭上眼睛。

　　不知道怎的，陈睿忽然像是被冻住了似的，愣在那儿半天，最终柔声说了一句："余琼，再见！"

余琼没有回答，若不是那微微颤抖的睫毛出卖了她，就跟真的已经睡着了似的。

余琼是在半夜离世的，前一天下午她说什么都要离开医院。

她说，她一点都不喜欢那里，觉得难受。

陈睿没有坚持，帮她办了出院手续。

他也是后来才知道余琼之所以这么不喜欢医院，是因为她父母。她父母因为车祸，同时离开了她，而那时候，她不过是个十几岁的小丫头，一个人在医院里傻愣愣地坐了一个晚上。

从那个时候起，她就一点都不喜欢医院。

按照事先签好的捐赠协议，余琼的遗体捐赠了，甚至连个像样的葬礼都没办。

余琼说，她也不要那些，这样，就可以当作她只是离开了，离开，去了很远的地方。

只是看着余琼被推走的时候，陈睿觉得胸口的某个地方，像是缺失了一块，扯得有点儿疼。

和余琼认识，从那次看诊开始到现在，不过几个月的时间，可怎么会忽然觉得这个人，很重要，重要到有那么一丝丝的舍不得。

他后来特地去查了鲸落的意思，原来一条死亡的鲸，坠入深海后，可以养活海底几十种生物，在那里创造出另一片生机勃勃的世界。

明明斩钉截铁地说，不喜欢别人在自己身上动刀子，可最后，却还是将自己献给了研究。

真是一个奇怪的人。

陈睿再次笃定地总结。

可是为什么，他居然开始有点想她了？

会记得她吧，会的！

会一直记得吗？会的！

小编有话说：

一口气看完这个故事，觉得心里酸酸的，呜呜呜呜（咬手帕）。当时看到这个故事的名字，就被吸引了。看完故事后，更是被余琼身上的那种乐观彻底打动了。印象深刻的一段是余琼因为生病，明明吃东西会很痛苦，却还是努力地吃，她说这么好吃的东西一定要在能吃的时候多吃点……看到这里，我简直泪奔，也能体会到男主心疼女主的那种心情，好虐心！

他爱过
春风二月

文/闻人可轻

这世上不该有鸢妖这个仙，
所以她成不了仙。
柳子期与离清缘定两生，
终究还是要在一起。
这就是天命。天命不可违。

他人等送伞，
我在等雨停

·壹·

那日，山中下了一场大雨，司鸢山顶的百年油桐被雷电劈中，连根拔起不说，且从中间一分为二沿着阴阳两边的山坡滚到了山脚。

弃尘河里冰雪未融，两岸夹带枯叶的水草丛中浸着殷红血迹深深浅浅无限绵长，在那洁白刺目的冬雪层中蜿蜒而上。

那雷不是自然雷，是有妖物在此接受天劫，也不知道情况怎么样了。

河岸上游的乱石丛中，七七八八地倒着些残兵败将，金属铠甲上还有横穿而过的长箭，伤口未干血却流完了。

忽然，有只覆盖在铁衣下握着剑的手动了动，一口憋在胸中久久不得释放的气从他口中喷洒而出，带了一口热血。

"将将……将军……"

醒来的小将全身疼痛麻木得使不上一丝力气，却还不忘呼唤他的将军。

回答他的是山谷空旷的沉默和一声撕破天穹的鹰叫。

旁边弃尘河水缓缓流过，刺骨寒凉仿佛穿透了他的骨髓，慢慢将他拖进了绝望漫长的时光尽头——

那是一场惨烈得毫无还手余地的对战，枯守边关三余载，终于在冬至梦醒时分迎来了匈奴王八的伸头之日。

军营里吹起了迎战号角，鼓声震耳，金戈铁马踏地而起，只一瞬间，满目所及皆是战火纷飞。

后来，小将脑子里的画面就没那么清晰了，他只记得他跟着将军一路从漠北退到了这司鸢山，随着那雷电的轰鸣，他被一支利箭穿心而过。

但他却没死。

他没死，那将军呢？

小将咬着牙，用尽了全身最后一点力气将自己撑坐起来，这弃尘河两岸被春风拂过，青草点点，像是要离冬了。

司娘抱着柳子期飞到了司鸢山顶，晚了一步，自己的老巢——那棵百年油桐被雷电劈中滚下山了。

她叹了口气，将柳子期扔到了油桐树坑里，慢慢踱步到他面前，居高而下地俯视着他。

千年不见，新仇旧恨加到一起，她也不知道该如何面对他——救？她懒！不救？就让他这么死了吧，反正还有下一世。

平凡如人类的他，几十年的光阴也不过她漫长生命里的一瞬间，就如沧海对比的一粟。

可是，下一世如果还是不愿对他好意相向怎么办？

她趴到树坑边，摘掉了他的头盔，束在其中的乌黑长发如瀑流泻下来搭在他的肩上。

真是个讨厌的人！司娘嘟囔了一声，翻身平躺，望着上方雨后洗练的天空，心里着实不愿意救他。

千年前，她还是一只灵智未开的鸢，开春时节跟着族类往北飞，途经这司鸢山的时候被人一箭射中了翅膀。从三千米的高空中螺旋而下，眼瞅着就要一头撞到弃尘河边的乱石上粉身碎骨，却在最后一刻被人接住抱在了怀中。

那人将她捕获，可眼里却没有真正要杀她的意思，还伸手在她受伤的翅膀处温柔地抚了抚。

"真奇怪，你这只鸢怎么一点都不凶，眼睛还这样好看？"那人在她耳边低声诉语，好像射伤她的不是他一样。

"我将你放了，如何？"

要放就放，啰啰唆唆的！

"但我是猎人，放了你不合规矩。"

那你废什么话，要杀就杀，早死早超生，二十年后我又是一只好鸢！

"我给你一次机会离开，若是再遇，你就得死在我的箭下。"

猎人放走了本该死在他手中的猎物，自以为功德无量，却让那本该转世轮回成人的鸢走上了妖道。如今已过千年，这鸢妖苦心修炼终得善果，位列仙班只差一记报恩，报那猎人当年的不杀之恩。

司娘腕上有一块箭伤疤痕怎么也去不掉，仙君说，只要她报得了那猎人的恩，伤疤消除，她便可得道飞升，从此远离红尘和轮回之苦，做个逍遥快活的神仙。

司娘又看了一眼那将死之人柳子期，心里愤懑，着实不明白，当年他伤了自己，自己为什么却偏偏非得救他不可。

所谓不杀之恩，恩在何处？自己就该死吗，难道……

"根骨清贵，命不该死。罢了，柳子期，我救你一命。"

· 贰 ·

浮司镇东，上个月搬来了一户人家。

男的久病在床，女的抛头露面，身边跟着一个不大的孩子，传闻是他们的孩子。

柳子期被司娘救了过来，嗓子却因那箭伤暂时说不了话，听到镇上有人这么评价这三个毫无关系的人，他苍白的脸上终于浮上了一丝血气，俊目弯弯，在纸上写着："司娘可是愿意跟我有个孩子？"

司娘坐在房梁上，端着瓜子嗑得正欢，望着床上那个还没完全恢复神气的将军一时无语。

"柳将军腿都还没好利落，却想着那种龌龊事儿，难怪打仗的时候会被对方一箭穿喉，要我说，你以后都开不了口说话才好。"

柳子期弯眼一笑，在纸上写："你舍不得。"

司娘看了看自己手腕处的疤痕。按道理说，这柳子期活了过来，疤痕就该消失了，可事情走向并不如此。她心想估计是得等到他完全恢复，这才耐着性子留了下来，又因她懒，事事不愿自己动手，又在司鸢山下捡了个伤兵跟在身边打个杂。

"什么舍得不舍得，我是妖，救你只为飞升，这一点柳将军应该自知。"

"我知。"柳子期在纸上写。

"嗯，你知就好。我外出一段时间，桐心留在你身边。"说完，她不放心又伸出手按在他的胸口处，"我在你身上留个爪印，不管我在哪儿，你让我回来，我就会回来。"

柳子期拉住她，在纸上问："你去哪儿？"

司娘抽离："不关你的事。"

司鸢山顶，油桐树坑已被填平，新出的嫩芽迎着山风摇摇晃晃，司娘蹲下伸手扶了扶："相依为命一千年，我只能帮你到这儿了，你的元神我放在了那孩子身上，日后等你长大我再给你接回来。"

小油桐晃了晃脑袋。

　　"我要去趟无量山，问问仙君，这手上的疤痕怎么还没消。你说这柳子期是不是我命里的克星？"

　　小油桐又晃了晃脑袋。

　　"算了，我问你干什么。"

　　司娘说完，飞身一跃，腾空而起的是一只翱翔天空的鸢，脖颈刺白，褐喙蓝眼，硕大的翅膀铺展开来遮住了半边天，一声清鸣肃啸长空。

　　仙君卧在无量山的杏花树下，百年杏花醉酒香万里，落英盖住了他素色轻纱袍，白发沾着新鲜的泥土，没等那鸢落下，便自言自语："来得不是时候啊。"

　　"仙君，我这疤痕为何还不消？"

　　仙君起身，醉得颤颤巍巍，吐字模糊："不是时候啊。"

　　"那什么时候才是时候？"司娘现出人形。

　　仙君提酒离开，一阵风刮过，皆是那醉人的杏花陈酿，还有那句不清不楚的"不是时候"。

　　·叁·

　　山中方几日，世上已几年。

　　柳子期唤司娘的时候，距离司娘离开已经过去了两年，而这两年对她来说不过是去了趟无量山，凡人的时间真是不经用。

　　柳子期站在京城将军府的前厅里，春风穿堂而过，翻起了他耳边长发又轻轻落下。他低着头在纸上勾画，画的是司鸢山的杏花春雨，枝头立着一只白颈蓝眼的鸢，那鸢的眼睛幽暗，仿佛一口深不见底的井，而那井中有作画的人。

"柳将军你真是好雅兴啊。"司娘抱臂靠在他的门前。

柳子期冲她招了招手："你来看看，这里面缺了什么。"

司娘上前，指着那只鸢说："不是缺了，而是多了，将军对一只鸟这么执着干什么？"

"不应该吗，你救了我。"

"救你……"

"不过是为了自己飞升，"柳子期抢下她的话，"司娘，你飞升了吗？"

司娘转身坐在了他身边的椅子上，端起一杯温凉的茶闻了闻，没喝："如此看来，我与柳将军的缘分未尽。不妨说说看，你有什么心愿，我若替你实现，大概就能飞升了。"

柳子期眼中闪过一丝光亮，如门外二月明媚春阳。

他向她走来，第一步——"手执寒剑定边关。"

第二步——"金戈铁马再多年。"

第三步——"不破匈奴誓不还。"

第四步——"司娘你，可愿意助我？"

"助你。"司娘抬手仰头将杯中茶一饮而尽，入喉苦涩，在舌尖久久不能平息。

从京城出发一路春光无限，沿途花开正盛。柳子期望着身边骑着白马的司娘，打趣："到了战场，不管看到什么都别哭。"

"哭什么？"

"譬如，我受伤。"

"你们凡人就是脆弱，这么脆弱还喜欢舞刀弄枪。不过你放心，我不会哭，从来没哭过。"

司娘双腿在马肚子上使劲一夹，先走一步。

一个月后，挥师北上，重新驻扎在两年前被匈奴骑兵夜袭导致全军覆没的地方，从哪里跌倒就从哪里爬起来。

这一次，柳子期不打算和两年前一样只守不攻，有时候想让王八伸头也许并不一定只能苦等，还可以给它添加个环境，比如在它坚硬的龟背上一刀刺穿或者把它扔进火堆里。

柳子期就那么干了，带着一万骑兵从侧面突袭。横穿漠北，在无尽风沙的夜晚匍匐向前，在烈日炙烤的白天忍痛进击。

历经一个月的惨痛砥砺，这一万骑兵终于在暮春时节抵达匈奴边界的西侧，进入到他们军事力量最为薄弱的腹地。

柳子期对那一万骑兵说，我们今天到此是釜底抽薪，没有回头路，要么大获全胜，要么死。

那晚，新晋单于看上了一个姑娘，强取豪夺，要成亲。匈奴军营里歌舞升平，这一切映进了一双湛蓝的眼里。

那人卧在单于怀中，望着的却是十里外，正在朝这处暗暗杀来的将军柳子期。

"我给你一炷香的时间，柳子期，你要是不来，我可就在那单于的怀中飞走了。"

"不需要那么久，司娘，等我杀了那单于，你跟我南下回京，我娶你，你嫁给我怎么样？"

"柳将军想得倒是美，功成名就还不够，还想要我？"

"我就是贪心。"

　　司娘端起面前的杯中酒，身后单于下巴上的黑胡子看得她烦躁不已，正想着要不要先帮柳子期在这军营里放把火，突然上空就亮起几点荧荧火光。她咧嘴一笑，一把推开了那臭烘烘的单于，踢倒了面前的酒桌，摘掉头上繁杂装饰，凌空变身，扑腾着翅膀将从远处飞来的火箭接住稳稳地投向地面。

　　霎时，前一刻还歌舞升平的军营就被大火笼罩。火光如同决堤的江水，一哄而起，瞬间就将这布局严谨的军营给尽数吞噬。

　　那单于站在原地抬头望着司娘原身，怒目而视，怨气直抵心肺，怒气冲天，紧握的双手骤然松开，从腰间抽出弓箭，直指司娘，那浓密胡子上方的嘴唇念念有词，双目赤红，下一秒就在哀嚎遍野的夜火血光中射出了那支划破夜空飞向司娘的箭。

　　鸢飞上空，扑扇着翅膀将那火箭尽数投向匈奴的营地，根本顾不得身后正向她飞来的利箭。

　　直到一阵钻心的疼痛顺着千年前柳子期留下的伤疤贯穿她整个身体时，她才回过神来。在空中变回了人形，钝痛消失，飞箭穿身而过，伤口血流如注，滴滴洒在脚下的土地上，像夜间开出的荧光花。

　　这一幕让匈奴单于看得出了神，丝毫没有发现背后风一般默默潜来的柳子期。寒剑在手，飞身向前，不等单于回头，一个飞旋剑光以他的脖子为原点画出了一个完美的圆弧。

　　单于的脑袋应声落地。

　　柳子期蹬着酒桌往上一纵，稳稳接住了正在下落的司娘。

　　一如千年前，被箭射中后盘旋而下的那只鸢，自以为要撞在乱石上粉身碎骨的时候，被他伸手接住抱在了怀里。

· 肆 ·

燕山将军别苑里有一个天然温泉池子，是将军平定北方匈奴后皇帝赐的。

听说那将军自小风流成性，现在更是在别苑里养着如花美眷不计其数，整日供他嗜酒歌舞，潇洒肆意。

那日风和日丽，桐心从山下采办回来，撞上了离清公主，公主站在别苑门口被小厮拦下。

"你是嫌自己活长了是吗？本公主你也敢拦？"

小厮吓得跪地使劲磕头："公主饶命，实在是将军说了，不能让外人进来，否则，否则小的脑袋不保啊。"

"外人？"公主裙摆拖地，美目怒视，"我乃你们定北大将军的御赐夫人，不日成婚，他躲在这里算怎么回事？"

"小的不知，小的真的不知啊！"

"我倒要去看看，里面的那些狐狸精是不是真像外人说的那般好，好到他流连于此不愿下山。"

公主说着就要硬闯。

桐心放下手中事物，上前一步跪在离清面前："公主赎罪，将军北征归来心理受创，情绪不稳定，不一定识得您是公主，万一您进去被莫名伤着了，将军日后定难自处，望公主三思。"

公主扭头看了一眼桐心，秀手在衣裙中紧握，末了转身下山。

桐心松了口气，拿着东西连忙进院。

初春，日光懒暖，柳树枝头抽出了新芽，垂在那方温泉里。

柳子期和衣坐在其中，与他面对面的是那日中箭后再没醒来的司娘。

温泉水中冒着淡而无影的烟气，硫磺滋味缭绕，热气不一会儿就顺着两人的衣衫攀附而上，将头发浸湿后在脸上形成汗珠再滴到池子里。

柳子期移到司娘身边，伸手将她耳边的水汽抚走。温热氤氲的氛围里，司娘那张脸还真是好看得出尘，引得柳子期目光难移，他咽了咽口水，色心上来，凑近想去亲一下尝尝滋味。

突然，水下腹部传来刀刺般的疼痛，他闷哼一声，再抬头，见那只鸢已经睁开了眼睛，"哗啦"一声从水中起身。

居高临下。

"我是妖，你是人，柳将军你可是想清楚了？"

柳子期会心一笑，张开了双臂懒洋洋地靠在水池边："你是妖又如何？"

司娘低下头恶狠狠地说："我是妖当然不如何，但自古人妖殊途，柳将军不怕折寿吗？"

"柳某今生心志已平，接来的时光，哪怕只有一天都想与你一起，若非如此，长寿又有什么意义？"

司娘低头看了看手腕上的疤痕——旧迹未去，新痕又来。

她叹了口气，无量山，只怕是又要再去一次了。她飞身上岸，凌空而起，扑腾出来的水尽数落在柳子期的头上。

柳子期起身指着自己的胸口问："司娘，之前你说的，遇事唤你，还算不算数？"

司娘没有回答他，沉寂的山中别苑上空只有一声清脆嘶鸣。

那是一只鸢。

他人等送伞
我在等雨停

无量山上。

仙君还是摇着头对司娘说，不是时候啊。

司娘问："难道说，那柳子期所有的愿望我都得满足了，才是时候？"

仙君摇头晃脑，只有一句"不是时候"。

· 伍 ·

司娘一走又是一年，来年开春，皇帝赐婚，柳将军府中，鲜红喜事，十里共庆。

离清公主喜欢十年，终于得偿所愿。

只是坐到了夜深灯枯，撕烂了两块喜帕也没等到柳子期，她唤来丫头，问："将军呢？"

丫头战战兢兢地回："将军酉时率军北上，说是匈奴骑兵又犯。"

"撒谎！"

那一声嘶吼，将离清公主对柳子期的全部期盼和爱意统统烧掉，一分不剩。她踢开房门，一身鲜红新衣融进了苍茫的夜色深处。

司鸢山下的浮司镇东，几年前搬来又搬走的人家，今天又搬了回来。

男人已经完全康复，孩童也已经长大，只是少了那个白衣蓝眼的女人。

有人问起，男人也只是笑呵呵地说，闹脾气远游了。

司娘在仙君那里偷了酒，回到司鸢山顶，油桐已经长大可以倚靠，她歪着脑袋问："这柳子期到底还有什么心愿啊？"

油桐说："司娘自己问。"

"我问了，万一他说想娶我，那我真的嫁？"

油桐说："司娘不想嫁吗？"

司娘摇了摇头："我一心成仙，对红尘俗事没兴趣。"

油桐说："既然司娘你心无他念，那嫁给柳子期又有何妨？他的命再长，总归不过几十年，等他百年之后，司娘抽身还是可以成仙的呀。"

司娘想了想觉得油桐说得很有道理。

"可是，他的愿望若不是娶我呢？我在他胸口留了爪印，告诉他，若是有事可以凭那叫我，但他没有。"

"你说的是有事叫你，不是想你了叫你。"

司娘不知道，柳子期确实是日日夜夜抚着心头那个爪印想了一天又一天，甚至真的期待过匈奴再犯，若是再犯，他也能堂而皇之地再叫她出来一次，哪怕是再见一次。

可如今这盛世太平的，他一个将军，还有什么事是能够让她出来的呢？

没有，所以他一直等着。

等了一年又一年，等到第三年的春天。

那个偷喝了仙君美酒醉了三天的司娘才出现。

她从落日余晖里扇着翅膀落进了他的怀中，柳子期将她抱紧，好像一不留神她就又飞走了一样。

她变回人形，醉意未消，柳子期迫不及待地问："嫁给我，嫁给我行吗司娘，我会对你好的，生生世世。"

司娘头疼："你死后是要上黄泉路、过奈何桥、喝孟婆汤的，怎么生生世世啊？"

柳子期指了指自己的胸膛："这里，这里有你的爪印，我会带着，生生世世记得你。"

黄昏落尽，桐心在房外点上了灯。

灯下看郎，柳子期俊目依旧，除了眼角略染风霜，他还是那个几年前被匈奴骑兵逼到司鸢山下弃尘河边的模样，风华绝代，当世无双。

嘴上是说没有兴趣，却还是动了心。

"我只给你一生一世，柳子期，做人莫要贪心。"司娘回抱了他，应了他的愿。

· 陆 ·

青纱软帐外，烛火摇曳，暖意千里绵延。司鸢山上杏花粉落，浮司镇东一夜春宵无度，弃尘河边天亮如同寒冬依旧，雪深千尺。

柳子期乌黑长发散乱在肩头，俊气侧脸映在初晨的日光里，司娘欲伸手去抚，被他抓住，侧身一搂，顾长手指搭在她手腕的伤痕处，柔声问："可还疼？"

司娘摇头："我是妖啊，妖不会疼。"

"真的不会疼？"

"当然。"

"那昨天夜里在我耳边说好疼，让我轻一点的是谁？"

司娘耳根一红，一掌将柳子期推到墙上，翻身下床。柳子期笑得开怀，再回神，自家新娘子已经穿戴整齐跑出房间了。

桐心这几个月老得很快，本来就是被油桐元神续着命的伤兵，随着油桐树劫后重生，元神一点点地归位，桐心的生命迅速枯萎。

司娘有些心疼，瞒着柳子期给他度了好几次灵力，但他还是在春尽夏初的夜里合眼长眠了。

当初桐心参军跟着柳子期的时候还不满十五岁，弓箭都拿不稳，到今天也不过十年光阴，本是生气盎然的年纪，却这般衰老地死去，柳子期于心不忍，想带他回京城厚葬。

司娘不用揣测，在他那黯淡愁离的目光中了然一切。

隔天清晨，柳子期睁眼就发现自己已经睡在京城将军府中，窗外海棠花开得繁盛，枝头立着一只白颈蓝眼的鸾。

柳子期心里喜欢得紧，翻窗而出将那鸾抱在怀里，亲了亲她的脑袋，问："嫁我，可好？"

司娘不耐烦地变回人形："不是已经嫁了吗？"

柳子期指着将军府的大门："我要你从这个门被我八抬大轿光明正大地娶进来，将来在我家族谱上，你的名字要写在我的一侧，待我百年之后，你可以成仙，但柳家后人都会知道，你曾是我柳子期的。"

"柳子期，莫要太贪心。"

已经许了你一生一世，你还要怎样？

"你知道我就是这么贪心。"

柳子期的眼神让司娘感到害怕，她后退一步逼自己说："你要的这一世，我给你。与你百年同好的妻子名义我不要，族谱上你想写谁的名字就写谁的，你可以成亲纳妾，就是别束缚我。"说完就扑棱着翅膀朝司鸾山飞。那油桐元神刚归位，还脆弱得很，她不放心。

长空辽阔，悠远又无尽，柳子期站在那满园鲜花盛开的将军府，只觉得司娘留下的话让他心疼，那程度远比战场上被刀剑穿刺。

当日那离清公主新婚之夜愤然回宫之事被皇帝强压了下来，念在柳家三代忠良的份上将那责罚一直留在心底，期盼的就是有朝一日柳子期能够浪子回头。若是那样，柳家荣盛必将长久不衰，反之灭门也不无可能。

此次回京柳子期本没有打算长留，只想把桐心葬了之后就同司娘一道返回浮司镇。

这想法在心底萌生，可还没等到他一只脚踏出将军府大门，柳老将军的长枪就从眼前飞过横插于门上。

"你当这是哪里？是你想来就来，想走就走的地方？"柳老将军的话在他身后响起。

"孩儿自是把这里当成家。"

"家？"柳老将军绕到他面前，年事已高的老人，精神却非常好，"一脚踏出这将军府，将上上下下百号人的性命弃之不顾，这就是你所谓的家？"

"我与那离清公主之间没有感情。"

"没有就培养！"

"孩儿已经娶得佳人，今生定不会负她。"

"哦，姓甚名谁，哪家姑娘？"

"司鸢山的鸢妖，司娘。"

从柳子期离开到在浮司镇安家，柳老将军一直派人跟着柳子期是知道的，所以柳老将军问了，他也不打算隐瞒。

司娘的存在老将军不是不知道，只是从手下嘴里听到和自己儿子亲口承认那是完全不同的两种震撼。

"弃了。"

这是老将军最后的退步。

柳子期朝他"扑通"一声跪了下去："父亲您从来没教过我何为放弃，所以孩儿不会。"

"不会，就给我现学。"

老将军扭头将手下早就准备好的马鞭夺过，一声声一句句含着所有的心碎和无望抽打在柳子期的背上。

只一下，那鞭子就撕破了柳子期的衣袍，血痕醒目，再一下，血流如注顺着脊背流到地上，汇成一摊。

柳老将军声音恨恨："与一只妖在一起？"

柳子期面不改色："是。"

"不愿娶公主？"

柳子期咬着牙一动不动，神色依旧："是。"

又是一鞭子——"我当你是被蒙心了，但我只问你一句，你改是不改？"

"孩儿没错，所以不改。"

柳老将军浑身战栗，如蚁过心，痛痒难耐，只能举起马鞭使出开山劈石的力气往柳子期身上挥去。

柳子期从始至终，腰背挺直，脸上豆大汗珠滚滚而下却没哼叫一声，直至口腔里溢满鲜血一口喷了出来，老将军才为之一顿。

"你……你是不是死都要跟那妖怪在一起？"

柳子期点头："孩子今生心志已平，没有辜负您和圣上的栽培与期望，接下来为数不多的日子，想跟心上人一起度过，父亲您要是还没出完气可以接着打，孩儿受得住。"

"你……"

破碎的布料挂在那血肉模糊的脊背上，柳子期也不曾想到，当

他人等送伞

我在等雨停

初那在司鸢山上醒来，眼前的白衣姑娘怎么就悠然入心，日后温情不多的时光里让他越陷越深，直到现在，死都不想放手，这份感情说多了都是桎梏，可他心甘情愿啊。

老将军望着眼前无药可救的孩子，放他过去也是家族祸害，不如举鞭打死一了百了。

那致命一鞭手起将落的时候，忽然被一道风定住。老将军定神一看，将军府大门处有一个姑娘，白衣蓝眼，逆光而来。

垂死之人松了口气，终于贴面倒地，轻轻唤了一声："司娘。"

"我在。"

· 柒 ·

油桐元神归位后，原身长势飞快，不出几日已经长得和遭雷劈之前一样粗壮了，若是在一年之后经受住天雷劈身的考验，从此就能脱离树身游历修炼。

司娘答应它一年之后定来守着，不会再让它遭受一次原身毁灭。

再说那柳子期虽然被司娘尽全力恢复了皮相，可到底是伤到了根骨，再加上他与司娘结合本就有违天理，在余下不多的日子里便赖着司娘带他游山玩水，肆意得很。

走到过风镇时正值中秋佳节，柳子期想要吃月饼，又不让司娘用灵力给他从别处变过来。司娘没辙，只好问客栈老板借了工具，两人靠在黄昏的木窗前揉面和馅儿。

平淡娴静的日子过起来和其他人并没有什么不同。

只是柳子期知道，这样的日子不多了。

司娘举起做好的月饼给柳子期看，他将她的手握在掌心："我说的那个生生世世，你不必当真，等我走后，你去成仙，将我忘了最好，可千万别去找我。"

司娘手一顿，心尖如刀刺过，随即一笑："那是自然。"

"那样最好了。"

柳子期俊目一弯，靠在那落日尽头的窗口，耳边长发飞起又落下。司娘只是不愿承认，其实他的笑容早就在她心里生根了。

又过了两天，他们离开过风镇的时候，听说京城柳家造反，皇帝正举兵清扫。

司娘望了一眼柳子期，不等他回话，就带着他飞跃山川湖海直抵京城。

可惜，还是去晚了一步，京城柳家已全部葬身火海无力回天。

自古以来，权大者死，何况是像柳子期这样两次北上最后平定匈奴的旷世大将，皇帝想要找个借口除掉这一家子也不是一天两天的事了。

离家远去不愿娶公主不过是想表明自己绝无窥探皇帝江山霸主地位的心愿而已，如此这样，也没能让皇帝放过柳家。

柳子期单手扶着司娘，望着面前的汪洋火海，一口鲜血喷出。正在这时，身后一道寒光穿透夜风，嘶鸣的空气像游子归家般心切地穿过柳子期的胸膛。

至此，柳子期都没有感觉到痛，他艰难地扭身，伸手欲抚上司娘的脸，可惜再也伸不过去了。

"司……司娘……"

司娘倾身前去，四周陷入一片死寂，仿佛那天和地之间所有的光与影都是幻觉，而真正存在的只有他们两个。

"我喜欢你！"柳子期说完，呼出了一口长长的气，眼睛慢慢合上，双手垂落。

求而不得，始终是求而不得，生前连句喜欢都不敢说，最后即便是说了，也没等到司娘的回应，这一世，算是苦的。

"柳子期……"司娘睁大了眼睛。她不能哭，她是妖，她不会哭，她摇着柳子期那渐渐变凉的身体，"你不准死，我只许了你一生一世，你若死了，以后就见不到我了，柳子期……"

明明知道这一刻终会到来，明明知道红尘轮回生老病死避免不了，可为什么会难过？

· 捌 ·

司鸢山的油桐树，时隔十年时间再次历劫，那只活了一千多年的鸢答应护它，让它平安脱险。

那日山中风雨飘摇，雷电交加，千年鸢妖凌空展翅，替那树精将天雷受了。

不出半日，人间一片清明和气，仿佛那妖风邪气只是一个幻觉，根本不存在。

油桐脱离了树身，有了人形，跟在司娘身后。

"咱们不是去无量山吗？这条路是通往京城的啊。"

司娘摇了摇头："无量山什么时候都能去，京城去晚了可是要错过好戏。"

"司娘你是要去寻那柳子期的来世吗？"

"胡说。"

"那不然你为什么不去升仙？"

为什么不去，手腕上的伤疤虽然没有了，可那仙君说还不是时候，她能有什么办法。

山中一年去尽了人间几百年，王朝更替，这世界早已不是当年那皇帝的天下。

京城今天热闹非凡，状元府娶亲，迎的是当今皇帝的女儿，离沅公主，喜上加喜。经过路过没有不去喝杯喜酒的道理。

据说，今年的状元钟择正才貌双全，当世无双。

司娘心中一顿，和油桐纷纷隐去身形混进人群。

状元高头大马，胸前别着大红花，丰神俊朗，穿街策马掀起一阵春风。

司娘现了形，当街一站，与他对立而视。

当初说好了不会寻他，可当他死去的那一刻她还是忍不住想知道他口中生生世世记得她的话是否是真的。所以，她带着油桐来了。

"让开，让开……"

钟择正策马前来，丝毫没有被眼前姑娘的出现给影响，以至于油桐将她拉开的时候，她还在怀疑，那个钟择正是不是真的是柳子期的后世。

他下马入轿抱起了今生光明正大迎娶的妻子，风风光光地从她面前经过。

"柳子期，"司娘回眸，"是我啊！"

那钟择正却没有为之停顿，甚至沉浸在新婚的喜悦里都没看她一眼。

他不记得了！

他根本不记得什么生生世世！

甚好……

她本该高兴的，可心底却没来由地蹿出了火苗。她眯着一双眼睛，瞬间移动到婚礼大堂，定住了所有人，唯独让钟择正目睹这一切。

她一步步走向他，扯开了离沅公主的盖头。还是那张熟悉的脸，那张前世就要嫁给他的离清公主，换了个名字，还是公主。

钟择正惊吓着往后退，手脚发软："你是谁？你做什么？来人啊，有人闯……"

司娘及时出手在他脖颈处猛砍一下，钟择正应声倒地。

没给油桐反应思考的时间，司娘抓着公主和钟择正飞走了，婚礼大堂恢复如常，可新郎新娘却不见了。

钟择正被狠狠掷到了弃尘河岸边的乱石上，刺痛让他瞬间清醒，入眼便是婚礼上那个胡闹的姑娘。

"你……你要做什么？你是什么？"尽管见到行为异于常人的司娘让钟择正吓得灵魂出窍，但他还是不忘死死护住离沅。

"你护她？"

"笑……笑话，她是我妻子，我不护她，难道护你？"

是啊，说得都对，可是凭什么呢？是你说的生生世世，最后却又始乱终弃，去护别人？

"你喜欢她？"她问。

钟择正将离沅抱得更紧："当然。"

"你好好想想，你究竟喜欢的是谁。"

"我这一生，在最艰难的时候遇到的是离沅，自然喜欢的是她。"

"最艰难的时候？"

　　状元钟择正年少家变，是离沅公主拼死保护才没被除根，长大后娶她爱她都是应该的。

　　司娘衣袖一挥将离沅狠狠甩了出去，然后一把揪起钟择正，撕开了他胸前的衣服，那心口处殷红的爪印无声地证明着，面前的人就是柳子期。

　　她这百年来，穿越所有江河湖海，寻遍了这世间的每一个角落。为了不想他，她偷喝了仙君无数杏花醉，醉了许年，寻了这么久，还是迟了吗？

　　柳子期是贪心的，她司娘也一样吧！

　　可是，你要他那颗心干什么呢？

　　不是说好了，升仙吗？

　　管他是柳子期还是钟择正，管他娶谁爱谁喜欢谁，司娘，你转身啊！你走啊，找仙君，去成仙啊！

　　"我不许，不许你找别人。"

　　带了一点委屈、一点期望、一点娇嗔，她一步上前抓住了钟择正的衣服·"你不要找别人。"

　　"择正……"那边的离沅已经醒来，发出轻微的呼声。

　　钟择正心疼地看向离沅，使劲将司娘一推："你放开我，你这女人好不知羞！"

　　司娘手一顿，再去抓他的时候，只见钟择正眼疾手快地从腰间掏出一把匕首恨意相向，硬生生地捅进了司娘的心脏。

　　司娘瞳孔扩大，惊恐地盯着钟择正，不敢相信："你想杀我？"

　　钟择正厉声说："不应该吗？你伤了离沅。"

　　"因为，我伤了离沅，所以，你要杀我？"

　　"对。"那把匕首没停，继续朝心脏更深处捅进。

司娘一把握住刀柄："柳子期，这就是你说的生生世世？好啊，我帮你！"说着，带血的手抚上了钟择正的手背借他更大的力量将匕首全数插进心房。

疼，为什么？妖不是不会疼吗？

应声倒地时，因无力支撑人形，她在钟择正惊吓得魂飞魄散的眼神中变回了原形。

· 玖 ·

醒来，入目是一只寒铁鸟笼，衣着光鲜的离沅正站在她面前。

笼子被道士施法，她出不来，只好用头去撞。

离沅嫌恶地后退，钟择正缓缓出来，搂住离沅，温柔至极地宽慰："别怕，我在。"

"择正，我听说，鸢爪是非常有灵性的，一直想要，不如你替我将她的爪子砍下，送我当成百年同好的礼物，如何？"

钟择正眼睛里闪过一丝犹豫："毕竟她是……"

"笼中妖而已。"

司娘冷哼一声，却眼静静地看着钟择正一步步向她走来，手中明晃晃的还是那天的那把匕首。

"钟择正，我会死的。"司娘平静地说。

"你是妖，即便死了，也是罪有应得。"钟择正擒住司娘的一对翅膀。

罪有应得？

——我何罪之有啊钟择正？

司娘哽咽："钟择正，你会后悔，你会的。"

　　"我不会。"

　　手起刀落，一道炙热的血光洒在钟择芷脸上，沿着他的睫毛滴到眼睛里。他心脏一揪，举起满是鲜血的双手，那手里一对弯爪骤然缩小，殷红一对，坚硬无比，钢铁不入。

　　再抬头，鸟笼中囚禁的那只弯慢慢隐形，化至虚无，最后消失的是那双湛蓝的眼睛，冰凉的眼泪落在寒铁上，碎掉了，一句决绝的话留给了他：

　　——柳子期，欠你的都还给你，伤你的也被你伤了回来。

　　——那就这样吧，钟择芷，我祝你和公主的百年同好地久天长。

　　早知道就不来了，何必，何必多此一举地挣扎。

　　可是，没有早知道吧！

　　弯爪咣当落地，钟择芷心头那个红爪印像滚烫的烙铁刺进了他的心脏。他在地上滚作一团，脑海里光影一样闪现着前世记忆如同洪水泛滥，喷涌而至，一下子把他给淹没了——

　　钟择芷伸出手往空中一抓，什么都没有，落下时只碰到了一对坚硬的弯爪，那是司娘的，被他生生割了下来。

　　司娘没有灵力，恢复不过来的。她说她会死的，她没有开玩笑。

　　千年前，那猎人放她走时说，再遇见，你一定会死在我的箭下，如今看来，到底是谁也没逃脱掉命运的安排。

　　……

　　油桐找到司娘的魂魄，将她抓住送到了仙君那里。

　　仙君还是那个仙君，坐在杏花丛中醉生梦死。

　　"求你救救司娘。"

仙君摇了摇头："救不了了，时候到了。"

"仙君是说，司娘可以升仙了？"

仙君摇摇头："千年前，柳子期第一次放了这只命该绝的鸢，就已经改天逆命了。千年后，柳子期与那离清公主本就该拥有两世姻缘皆被她破坏亦是改天逆命，两两相抵，可以了。"

"仙君，小妖不懂。"

"这世上不该有鸢妖这个仙，所以她成不了仙；柳子期与离清缘定两生，终究还是要在一起。这就是天命。天命不可违。"

"那……那我们司娘……"

"司娘的灵力在钟择正那里，他若放手，她重回原形，可以走上轮回之道。下一世成人，或许还能与他续上一段姻缘。"

所谓殊途，只能如此同归。

油桐转身而去。

京城状元府，昏迷几个月的钟择正终于醒来，睁眼床边就是那桐心前世的模样，张口就问他要——

"还我司娘的灵力。"

钟择正面无神色："出去等着。"

从枕下摸出那把发着寒光的匕首，一介文人毫不畏惧，反手将刀尖戳向自己的心脏，完完整整把心头那块红爪剜了下来。

寒铁匕首呎当落地，鲜血顺着胳膊流了下来，耳边一阵风过，窗外青空鸢鸣长啸，直至远方，钟择正颔首微笑——

"傻瓜，"钟择正吊着最后一口气说道，"下次早点来，早点来，我还要你的。"

小编有话说:

当时这篇给我看的时候,特别点明是很虐心的古风文。作为看了很多虐文的小傲娇编辑表示不信!但看完后很想抽自己耳光。司娘去找转世的柳子期的时候,我还心想,真是口是心非的女主,之后便是心疼女主,当一个人意识到喜欢的时候,有什么比被喜欢的人忘记还要痛苦的呢?

雁丘

文 / 晚乔

我曾经问过她，
她最喜欢什么，
而她告诉我，
她喜欢长久的东西。

· 壹 ·
【他年隔世】

望向拽住自己衣袖的女子，萧谷凝眸，眼底有几分警惕。

"你是谁？"

"我……我是……"那女子像是紧张，说话结结巴巴，一句连贯的话都讲不出来。半晌，她像是想起什么，"啊，我忘了，我的模样和从前不太一样，你认不出我也是正常的。"

萧谷打量她一番，态度松缓了些："姑娘，你认错人了。"

楚平烟摇头，一副笃定的模样。

"你虽是年轻回去了，但我还是记得你的。"楚平烟得意地笑，"你的魂魄还是一样的，所以，即便你不是变得年轻，而是变了模样，我也还是会记得你，绝不会认错。阿陌，阿陌，你还记得小时候救下后每年都来寻你的那只雁吗？我便是那只雁啊！"

楚平烟终于将自己想说的话表达清楚，于是满意地笑了，圆圆的眼睛弯成月牙儿。

模样生得倒是娇俏可爱。

萧谷想着，随后在心底落了一叹，只可惜，是个傻子。

· 贰 ·
【一往情深】

窗外月色明朗，屋内却是昏暗。

台上燃了一支烛火，灯花迸开，响了极轻的一声。

那娇俏的女子恹恹地趴在桌上，带着鼻音："千秋，你说，他怎么就不信我呢？"

被唤作千秋的雁儿窝在桌上不理她，被戳烦了才勉强眨几下眼，表示自己听到了她的话。

光得到眼神却没得到答复，楚平烟不甘心地继续戳雁儿："你干吗不说话啊？"

大抵是被磨得久了，雁儿终于站起来，开口，竟冒出人声。

"他什么都不知道，为什么要信你？"

"他怎么能不知道呢？我们分明那样熟悉。"女子长叹一声，"你说，我要怎么样，他才会理会我，不用那种奇怪的眼神看我？"

千秋不言语，只是望着她。

"你也觉得我冒失吧，关于这几日我跑到他府上的事情？可是，他不记得我了，我只想让他想起来……"

楚平烟将小小的一张脸尽埋在手臂里，也许是头低得太快太急，那发便散在了千秋的爪边。千秋低头看了眼，在桌上走开几步。

百年，对于妖而言并不很长，于人却已是一个轮回交替。萧谷已经不是阿陌了，如今的他什么都不知道，为什么要信你？

你就算不明白，但我并不是没有告诉你，你为何不愿相信呢？

果然啊，傻鸟即便化了人形，还是一只傻鸟。

这时，那女子传出一声含糊而又沮丧的闷哼，可怜兮兮地抬了头，却正对上千秋的眼睛，于是不由得一顿。她想，他一定是又要劝她什么做人要通透的话。

千秋见她这副呆愣又可怜兮兮的模样，想了想，还是打算安慰她。可还没开口，却不防被她动作飞快地揪了一根毛，还没来得及吃痛便见她恶狠狠笑出了声。

"居然敢压着我的头发，找拔！"

楚平烟以为他又要劝她。她想，他想说的话，她不能让他说出来。

当时，千秋只觉得有一股热气直直冲到脑袋顶——这只傻鸟，怎么想都由着她算了，他要是再管她，那他就跟她姓！

千秋转身不愿理她，却看见她得意地举着那羽毛转到他的面前，笑得肆意又张扬，一瞬间弄得他更气了些。

被这么一激，千秋索性闭了眼睛，不再理会。

他一向当她什么都不懂，于是她也只当自己什么都不懂。

不懂，就可以在没有找到的时候继续理所应当地傻兮兮地寻找那早已入了轮回的人，假装他还在这世间。就可以在看到萧谷的时候犯傻兴奋，当自己找到了，假装他真的是阿陌。

，叁，

【就中更有痴儿女】

千秋立在枝桠上看着那习武场上的布衣少年，见他一杆银枪舞得极快，只听风声不见形影。忽然一个旋身而跃，再落地时是直冲向下，枪身一弯挡了些冲击，他借势而起，又是一招，行云流水。

轻风拂过带来些许动静，似是有人行来，可萧谷反身一旋却并未看见来人。而再有感应，那人已是来到他的身侧。

敛息凝神间，萧谷低身回手将银枪往前一送，一连串动作霎时便完成。

可是，在看清来人时，他却皱了眉。

那银枪枪尖直抵她的咽喉，稍有差池便要血溅当场。这般场景连千秋看了都惊得差点落下树去，她却恍若未觉，眸底兀自闪着兴奋的光，稍稍退远一步盯了枪头细细看着。

"从前只知你文才出众，却不知枪法也使得这么好。"

萧谷收回那枪立在地上，抚额。

见他这般模样，楚平烟歪歪头："累了？累了便要休息。"

眼前女子神色真切不似作假，可在他眼里却是别样的。

往日的萧谷只顾无奈，可前几日却在友人无意的一句话下，对她生出些怀疑。

这个女子来历不明又行踪诡异，友人随口——或许她是敌军派来接近你的，可能一开始就是个阴谋。

这不过是一句玩笑话，萧谷却放在了心上。

他做过许多设想，可楚平烟的每一个动作，都在他的预料之外。这个女子太过怪异，他想不通。既然如此，便不再想了。

萧谷冷冷开口："你接近我，究竟有什么目的？"

楚平烟见他这般模样，似是被惊着了，愣了半天才开口："我只是想你了。"

萧谷被这句话狠狠地噎住，半天才回过神来："除此之外？"

楚平烟对上他带了冷意的眸，想了许久才开口："如果你说的目的，是指我前来找你的原因，那么，大概也只是因为想你，除此之外，就没有了。"

萧谷不动声色地打量她："你喜欢我？"

楚平烟笑着点头，一下一下非常用劲儿，点得人都发晕，却在看见他的表情之后，愣在原地。

"你不信我？"

陷入思绪的僵局里，他仍当她是敌军派来接近他的细作，自是不信她。

这般想着，萧谷却还是笑着走近她："既是要取得我的信任，那你便需为我做事……你能为我做什么呢？"

楚平烟一顿，歪歪头，却觉得他的话似乎很有道理。喜欢一个人，自然该要帮他的，以前她只是只雁，不能帮阿陌做些什么，而现在……

可她会做什么呢？

想了许久，直到无意间看到千秋，这才眸色一亮，开口答他："你大抵是不知道，其实我很厉害的。这么说吧，你想知道什么，想得到什么，我都可以帮你。"说着，她抬头望向他，很是郑重的模样，"但有一点你得记住，我做这些事情不是为了取得你的信任，是我喜欢你。"

· 肆 ·
【天南地北】

楚平烟说谎了。

她将自己说得无所不能，其实她不过是一只刚刚能够化形的雁，能做些什么？真正厉害的是千秋。

可有一点，她不知道，也从未想过。

她没想过，千秋也不过是一只雁，他怎么就什么都会，怎么就无所不知了呢?

其实,所谓的强大全能,不过是每一次她来寻他帮忙,他都不想让她失望罢了。那轻松应答的背后,楚平烟从不知道他付出了多少,有多累,吃过哪些苦头。

她对萧谷说她会很多事情,因为她觉得千秋会便等于自己会,毕竟千秋从未拒绝过她。这是一种习惯性的依赖,也是一种习惯性的自私,只因他对她太好,好到让她都没有了感觉,将这全当成了自觉。

却没想到这一次,萧谷问的那些事情,她来问千秋,千秋却怎么也不愿答理。

楚平烟拿着鲜嫩的果子诱他开口:"千秋,千秋,你便告诉我吧,那烨国的军事地图和密报什么的到底在哪里能拿到?不用你去拿,你只需告诉我,我自己去。"

本不愿理她,终是耐不过她软磨硬泡,千秋睁开眼睛。

"你这样又有什么意思?你明明知道的,他不是阿陌。"

楚平烟一顿,复又笑开:"对啊,他不是阿陌,他如今叫萧谷。"

千秋望着她:"他们之间的区别并不只是一个名字。"

楚平烟眸色一暗,但也只是眨眼之间便恢复了一片清明。要不怎么说这世间事情都是凑巧?正巧就是那时,千秋眨了个眼,倒是没有发现。

他以为她只认故人,不知道人世间是有轮回的。他想告诉她,同一副皮囊里,记忆不同、心性不同、喜好不同,那便不再是同一个人。

可其实她比谁认得都清楚,只是,她修行许久,找了很多法子,好不容易才化得人身,而她如此,也只是为那个人罢了。若这世间早已无他,她这样努力修习又算什么?所以,千秋说的那些话,她从来都是选择不信。

手里的果子落了满桌，楚平烟揪住千秋的翅膀，摆出一副凶狠模样。

"一句话，你到底告不告诉我？"

"一句话，不告诉。"千秋态度坚决。

可是，态度坚决也耐不住某只傻鸟耍无赖啊。

是了，楚平烟什么都不会，耍赖撒泼却是一直在行的。而这一招，对千秋尤其有效。

·伍·

【说与何人】

烨国的营帐里，刚刚将那些宗卷翻出来，千秋又想起那个女子一瘪嘴就要哭出来的样子，于是无奈抚额。有极弱的光映在他的脸上，仿佛时光也定格在这一瞬。

楚平烟不会看见他这般模样，面上是无奈的，唇边却含了笑。

千秋看着手里的宗卷，眼前浮现出的景象却是那个女子，至此，不由得落下一叹。

他怕是上一辈子，欠过她许多东西吧。

这阵子楚平烟都没有去寻萧谷，不是不想去，只是觉得她没帮他寻到他要的东西便不好去。可千秋说他要的东西太难找，告诉了她地方她也找不到，于是，便将这差事揽了过去，已是几日未归。

好不容易千秋半夜驮着东西回来，楚平烟心喜，第二天一大早便抱了宗卷跑去萧府门口等。

为了这些东西，千秋好像很累的样子，楚平烟想着，如果见到萧谷，一定要替千秋问他多要些好果子，要顶好的那种，鲜嫩可口，叫人吃得满口香甜。

大概是太过激动，站在门口小半天，她好不容易打算好了，刚站起身想敲门，却就是这个时候，门忽然开了。眼前的人，她是认识的，是护院的张大哥。

"你是来找总都统的？"张护院看向眼前不住点头的女子，皱了皱眉，"怎么，总都统都去军营里几天了，你不知道？"

你不知道？

她当然不知道。

萧谷什么时候接到的军令、什么时候离开、这一仗要打多久，他从未和她说过。

兴高采烈跑出去的人，回来的时候却是满目失神。千秋看着她，几乎都要认不出来，这时才知道，原来同一个人做着不同表情，差别竟是这么大。

以前看她笑得太开心，总想打击她，如今见她满脸的不开心，却又想逗她笑。

可是，千秋忽然发现，那么爱笑的一个小姑娘，现今他却怎么也逗不笑她。

"喂，你要不要去找他？"

那么努力地说了那么多笑话她都只是含糊应付，却独独这一句话，点亮了她暗淡的眼。

楚平烟回过神来，将千秋举高，一下子被注入了活力似的。

"对啊，千秋你知道他在哪里，可以带我去找他！"

被摇了几下几乎要晕掉的千秋忽然就有些后悔，自己到底是有多蠢才会做这种给自己找麻烦的事情？又耗修为又耗心力，身边还要带着这么一个几乎算得上累赘的傻鸟……

明明是满心的抱怨，可是，当对上她含笑的眼，他却只说：“收拾收拾，待会儿就走。”

·陆·
【君非故人】

楚平烟从不知戎马生涯是怎么回事，想象里，沙场之上该是风烟招摇，一片壮丽的。却不想，真来了这里，却只看见风起月隐，满是萧寂。

她拍了拍身上背着的包裹，那里面装的是她要给萧谷的卷宗。

对着眼前简陋的帐篷，楚平烟有些疑惑，这就是传说中的军营？可是为什么无人把守？

“你要不要进去，巡夜的人要来了。”

千秋在对面的帐顶上看着她，语气里似是有些不耐。

楚平烟回首眨眨眼，做出一个噤声的动作，这才一点一点做贼似的挪了进去。

挪什么挪？千秋翻了个白眼。

萧谷向来机警，帐外有人他怎么会不知道。

营帐里，因为不知来者何人，萧谷握了匕首假寐着，却在听到极小声的一句“原来睡着了”的时候心底一惊，翻身坐起。

看着忽然起身的萧谷，楚平烟满心的失望化为惊喜：“啊，原来没睡着！"

借着昏暗烛光打量着眼前的女子，萧谷的眉头皱得很紧："你怎么会在这儿？"

"我……我……我来把这个给你。"

下意识接过几乎是被丢过来的小包裹，萧谷疑惑地看她一眼，却终是在她期待的目光下打开了包裹。

楚平烟原以为萧谷看到这些东西会很开心，却没想到他翻开那些卷宗的时候只是有那么一瞬的惊异，看她一眼，很快又低下头去。

所以，其实不是什么重要的东西吗？楚平烟有些失望。

良久，萧谷终于翻完卷宗，眼帘微抬，望向眼前女子的眸色也有些复杂。

"这些东西，你是从哪里得来的？"

他在问她话，真是意外的惊喜。这东西不重要，事情没办好，她以为他不会再理自己了。可是，张口欲答，却又不知从何说起，纠结半晌，好不容易编好了理由，又被他抬手唤停。

"不好说便不用说。"萧谷按在卷宗上的手有些颤抖，似是激动，却很快被他掩尽袖中。

然后，他问她："你想要什么？"

他这么问，心底却是在猜，猜她会说希望他喜欢她，除此之外别无所求。

然而，却似乎猜错了。

萧谷看着眼前的女子扯着衣角纠结的模样，心底升起几分警惕。

楚平烟想了很久。

他方才抬起头，问她想要什么，那样的表情，好像她要什么，他都会给一样。既然如此，她拧着眉头，她想要他像从前那样对她笑，对她好好说话，想让他摸摸她的头，告诉她，他其实从未忘记过她，哪怕，哪怕已经过了一个轮回了……

把所有的期盼都想过一遭，她一咬牙，终于决定还是以功臣为重，这毕竟是千秋弄来的。

她于是开口："你有好的果子吗？要很好很好的那种，入口香甜，不带一点酸涩。"

他一愣，像是意外，之后忽然便笑开来。而他的这一笑，也让她高兴了。原来替人着想真是有回报的，她为千秋要报酬，他却一并给了她想要的东西。

"这是自我找到你以来，你第一次对我笑。"楚平烟随他笑开，却用余下的两个字轻易止住了他的笑意。

因为她唤他："阿陌。"

· 柒 ·
【情是何物】

她到这儿，恰好是首战初歇，营地里伤亡不算重，萧谷也不用将她一人留在营地，出去作战。萧谷并没有对她的到来表示出什么疑惑，反是她心虚得很，自己提了出来。

面对这个问题，萧谷神态不变："既然都有本事拿到那些卷宗了，你能到这个地方，又有什么奇怪的？只要以后不给我惹麻烦就好。"

有了他这句话，她于是安心待了下来。

只是，楚平烟偶尔也会不解，明明大家看见她无故出现在军营里，却为什么都不觉得奇怪呢？

她这么问了萧谷，他却摇头轻笑不语，似乎没什么好解释的。再去问千秋也是一样的结果，除了一点，千秋笑得没有萧谷好看。哦，还有一点，千秋骂了她一句傻鸟。

接下来的日子是休整养兵，准备再战。

军中其实有规矩，不留女子，恐有不祥。在楚平烟这儿，却是无人敢说。

大家都晓得，总都统从不做没有道理的事，不论新兵老兵，没一个是不信他的。而事实也确实如此，他留她，是替他收集情报。

经过几次试探，他终于确定，那些情报都是准确无误的。

他从不问她情报来源，只是日夜相处，萧谷觉得自己对她的感觉慢慢变得奇怪起来。最开始或许是因为疑惑才上心，她在军中的一举一动他都留心关注，毕竟她的身上有太多疑点。

可是，那份因怀疑而上的心……

是什么时候，转变了？

靠在营帐柱边，萧谷看着稍远处正给马刷着毛的楚平烟，神色有些恍惚，像在发呆一样。

这时候，一个黝黑的汉子笑嘻嘻地蹭过来："总都统，那姑娘是你心腹？"

萧谷沉默良久，像是自我挣扎："她不是可信之人。"

汉子一蒙："啥？总都统这话说的，怎么……"

"如果有那么一个女子，她与你素不相识，初次见面便一直缠着你说喜欢，唤你作另一人的名字却不似认错，莫名其妙地对你好……说这件事情是正常的，你信吗？这世上真会有无缘无故的好和喜欢吗？"萧谷说着，微微垂了眸子，像是自言自语。

楚平烟停下手中动作，回眸望他。

萧谷见了，心底没由来地一紧，但转念一想，隔了这么远的距离，她应是听不到他说话的。果然，她只是对他笑了笑，又回身刷马毛。

千秋停在一旁："他以为你没听到，好像松了一口气。"

楚平烟的动作一顿："听到什么？他刚刚说了什么吗？"

千秋一叹，旋起翅膀转眼便飞远了。而在离开之前，他分明留下了一句自欺欺人。

自欺欺人？

不错，她是在自欺，可她哪有欺人，千秋分明是一只雁。

强自牵起的那抹笑意终于散去，楚平烟摸着脸，似乎是刷毛的时候有水溅上来了。于是轻轻拍了那马，抱怨了句，可那抱怨的声音也有些颤。

萧谷说信她，可他终究不信她。

楚平烟想着，忽然觉得奇怪。

他不信她，为何骗她？她早说过，她会为他做这些事从不是为了取信于他。

又或者，他连这句话也不信吗？

·捌·

【只影向谁】

凭借着对敌军作战方案的熟悉，萧谷再战告捷，那庆祝的酒喝

　　了一整日。楚平烟也想凑热闹，却被一人一雁拦住，莫说是喝酒，他们连碰都不让她碰。

　　萧谷陪着他的弟兄们在外，却把她关在营帐里，于是楚平烟也闷了一整日。但她哪里是个闷得住的人？于是，理所当然，千秋便被她揪着蹂躏了一整日。

　　这样下来，平衡多了。

　　日暮时分，萧谷终于回到营帐里，随手甩给她一件披风。楚平烟接住，也不问什么意思什么情况，只他一个眼神便伶俐地将那披风系好，抬眸，正对上他带笑的眼。

　　她不问他做什么，是因为不论他要做什么她都会答应。就像那些情报，有很多都是她背着千秋自己去寻的。毕竟做得多了，楚平烟也觉得那果子不太够，除非更多的果子。

　　但这边境偏僻，要找好果子实在为难，她不舍他为难，一点也不舍。

　　却没想到，他叫她出来，是给她带了些米酒。

　　坐在沙丘上，眼前是一轮硕大的血色夕阳。楚平烟接过酒囊，望向萧谷的眼神带了些奇怪和不解。只是不知是不是夕阳太大太红，竟在萧谷面上染了几分颜色，楚平烟下意识地摸了摸自己的脸，却看不到自己脸上是不是也被染了色。

　　萧谷轻咳两声："这米酒是不醉人的。"一顿，又补充一句，"便是醉了，也有我在这儿。"

　　楚平烟一笑，拔了塞子便把酒往嘴里灌。

　　果然很好喝，比果子还甜，难怪大家喝得这样开心。

　　漠上的日落似乎格外凄艳壮丽，也许它见惯了以死相拼的战争，是被鲜血染红的。

　　当夕阳只余了一点儿在外，下方霞光满天，抬头却能看见暗色背景下的星子闪烁。

　　楚平烟从未见过这样好看的天，也从未见过这般放松的萧谷。她想，太美好的事总是显得不真实，但这或许会是她最开心的一天。她这么想着，于是也就这么和他说了。他听了，忽然便笑出来，随口开她玩笑，一副毫无拘束的模样。

　　卸下那些负担和防备，萧谷似乎也能变得开朗。楚平烟看着眼前男子，不知看了多久，只知道他似乎说了很多话，她偶尔点头，偶尔应和，最后却是一句他说的也想不起来。

　　而她再回过神，是他看着她，似在等待她的回答。楚平烟一下子慌了神，却强作镇定，用的是千秋曾说过的万用型答句。

　　她看着他："其实，这样也不错。"

　　"不错？"萧谷一怔，随即低下眸子，不言不语。

　　正当楚平烟觉得自己是不是说错了什么时，他却忽然笑了，笑得极轻。

　　"是啊，不错。若是战败正好身退，可是我能退，我的弟兄们却不行。"萧谷落下一声浅叹，"所以我不能败。每个人活在世上都是有责任的，这是我的责任，也是我的使命。家国大义，还有我的兄弟，他们于我而言，远远比活着更重要。"

　　楚平烟听不懂这话里的意思，却隐约听懂了萧谷语气里的无奈和沉重。她从不愿看见他的难过，于是轻轻抚上他的肩膀，却不知道能说什么。

　　萧谷一顿，侧过身来，正巧对上她映满星子的眸，正巧看仔细她面上的关切。

此时此刻，他们离得很近，近到几乎能感觉到彼此的呼吸，可是，萧谷有感觉，楚平烟却似毫无所觉。直到萧谷就着她落在他肩上的手一扯，将她扯进他的怀中紧紧抱住，她才算终于有了些反应。

可是，她的反应却让人哭笑不得……

楚平烟的声音有些闷："你若不愿看见我的脸，我转过去就是了，干吗把它埋起来？"

萧谷一愣，低低笑了，笑得胸腔都在震动，却不说话。

他一向觉得言语是最好的表达方式，却在她开口的那一刻第一次认同了那句话——有的时候，真是此时无声胜有声。

月色疏朗，星光明亮，在他们的身后，那一直停在远处的孤雁，忽而便飞远了。

·玖·

【一别前尘】

兵法有云，知机者神。而萧谷对于敌方军务了如指掌，按理说，该是占尽了先机。

可是，清楚了敌方，却防不住暗鬼。

军队里早有细作与之勾结，便是他们再占尽先机又如何？

粮草里有人下毒，是极下作的迷药，不至于危害性命，药性不重，也不至于被查出来。

只是，身体乏困着上战场，无异于送死。

挥枪卷下一颗人头，萧谷强撑着睁开眼睛，却只看见往日熟悉的兄弟们一个个倒下……

他头脑一昏，咬着牙在大腿上割了两刀才提起精神，却终究敌不过那药性发作，终于，眼前渐渐黑暗。

而在那之前，他萧谷脑海里最后的记忆，似乎是一只雁。

那只雁儿直直地朝自己飞来，像是不要命似的。他眯了眯眼，一直看向它飞来的地方，看着它慢慢接近，看着它被飞来的乱刀斩下血肉。

这战场，鲜血淋漓，是你该来的地方吗？真是一只傻鸟。

在昏迷之前，萧谷以为自己的命应该是交待在那儿了。

没有想到，自己还有醒来的一天。

更没有想到的是，他前半生的记忆，只到此为止了。

·拾·

【君应有语】

稍微动一动，身上就疼得厉害，像是挣开了哪道口子。男了坐起身来，按了按自己的额角，继而抬眼，第一眼看到的便是昏暗的不远处似是相互依偎着的两人。

他的动静很小，可这样细微的声音，还是惊动了那边的人。

他一愣，刚想询问，却是在他开口之前，那边传来一个女子游丝般的声音：

"以前不能言语，没有办法问你，后来可以说话，却一直忘记问你……阿陌，千秋说，你一直只是把我当宠物，偶尔玩笑，喂喂吃食，哪有什么感情……是真的吗？"

短短一句话，她分了三次才说完，好像很艰难。可他听着，却是一头雾水，不知她这话是什么意思，不知道她是什么人，甚至不知道，她问的是自己还是另一个人。

千秋抬眼，面上满是淡漠，只是在看到他似是迷茫的眼神时，还是冷了一下。一个弹指，烛光映亮了满室。

这时男子才得以看清，不远处是一个清俊少年，但他怀中的那个女子却奇怪。浅瞳白发，唇色如雪，微颤着的长睫上似覆了层霜，冰雕一样。

他只是惊异，却一点不难过。

因为他不认识她，不知道，往日里，她是那样活泼的一个姑娘。

那样活泼的一个姑娘，此时却安静得像个死人。

千秋微眯双眸，望向他，那眸中似是有光微闪，一瞬而过。

微光在眸底消失之后，千秋叹着落下一笑。

果然，这便是命吗？

沉了口气，千秋知道他什么也不再记得，却还是为她不平，想了想，缓声开口："在我眼里，她什么都不会，只会让人担心，可她为你做了那么多的事情。既是如此，萧谷，你至少该记住她，她叫楚平烟。"

这句话之后，女子的身形渐渐变小，也散出微弱荧光。千秋心底一窒，旋即起身。

见他抱起女子，似欲离去，萧谷忽然心下一慌，却不知慌的是什么。

他不知自己能说什么，只是急急开口："你是谁？"

少年脚步未停，答非所问："我没有名字，只是，我曾经问过她，她最喜欢什么，而她告诉我，她喜欢长久的东西。"

话音随着他的步伐远去，少年与那女子便消失在了门帘之外。萧谷不知道为什么，忽然觉得心底很堵，这种感觉，怪难受的。

不知走了多久，千秋怀中的女子忽然便化成一只恹恹将死的雁。

千秋一愣，轻抚那雁儿的羽翼："待我寻到一僻静处，便把我的内丹渡给你疗伤，你以后至多是灵台蒙尘，恐怕，除了记忆里最深的那个人之外，你都要记不得了。"

他笑意微苦。

"其实，我不希望你忘了我，不过也没关系，反正你脑子本来就不好使，反正我也要离开了……这……这其实没多大影响。要撑住啊，你要知道，只要活下来，便有机会。平烟，你还是可以回来寻他。"

那雁儿似是听见了，又似是没听见。可是，不管她听没听见，那模样温柔的少年仍是兀自说着。却就在说着的时候，他忽然吐出一口血。

千秋眸色微黯，随意地擦了一下，自背后生出双翼，极不适的模样，却始终忍着。

到了最后，他也化作了一只大雁，影孤无力，却仍驮着她向天上飞去。

· 终章 ·

把鲜果摆在石碓前，女子站了好一会儿，终于离开。

这里被人唤作雁丘。听说，曾有猎人捕到只奄奄一息的雁，刚刚将它打死，却忽然从远处又飞来一只，哀哀叫着，盘旋在死雁的身侧不肯离去。后来，有个文人路经此地，听了这故事，唏嘘一声便买下那两只雁，将它们埋骨在此，立了石碑，以此纪念。

揣着剩下的鲜果，女子走到不远处的另一个石碑前。

刚刚那里，是所有人的雁丘，而这一处埋了雁骨的地方，只有她知道。

蹲下身摆好果子，她扫了扫石碑上的灰。

"千秋，你这里都长草了，从前那样爱干净的一只雁，现在是怎么变得这样能忍的？"

女子一边念着，一边仔细拔着附近的草，被划伤了手指也不在乎，只是一直念着这几日发生的事情，与这几日心底的担忧。

念了许久，最后，又念出一句疑惑：

"你说，我想不起的那些事情，究竟是什么？我在这儿，究竟是在等谁呢？"

有轻风将话音吹散，如同不远处打马而过扬起的尘土，细细碎碎，没有人会注意到它。

年轻的男子收了马鞭，在看到一个"雁"字的时候，微微皱眉。

"总都统，这儿你以前也是来过的，想起来了吗？"

那年轻男子想了想，摇头。

"再去别处看看吧。"

与此同时，另一边的女子像是有什么感应，蓦然转过头来，正巧看见男子蹙眉跨马，接着一挥马鞭，扬长而去。

那个人……

她皱了皱眉。

那个人，骑得真快啊！

小编有话说:

远方有一处,名叫雁丘。那里有一只傻鸟守着一只雁,却不知自己在等着谁……比起楚平烟和萧谷的感情,我更心疼千秋,这个站在旁边无私帮助女主的人,他的感情似乎一直被女主忽略。

后来春雨
落汴京

文 / 晏生

她看见秋阳
看见秋阳中无数飘浮的粉尘
看见书本
看见层层叠叠的书本后
藏着的白杨般让人
感到美好和温暖的少年

·壹·

推杯换盏间，周谅今喝得半醉。

时间接近晚上九点一刻，他放在饭桌上的手机屏幕亮了一下，跳出来的备忘录上显示了几个字——十周年。

被酒精泡过的脑子忽然清醒过来，今天是十周年纪念日，他和祝初晞认识的十周年纪念日。

不顾众人挽留，周谅今跟跄着出了包厢，叫了代驾。半小时后他回到住的青曦园，却没上楼，坐在楼下花坛边散散身上的酒气，怕进屋熏着祝初晞。

初秋的风还带着暖意，像祝初晞说话时温温软软的声音。想到这里，周谅今扯松了领带，低着头傻子似的笑了起来。

左边脸颊陷进去一个浅浅的酒窝。

成熟俊朗的脸上，有了青涩的少年感。

独自坐了一会儿，周谅今再也忍不住掏出手机来，拨了一串号码。

"喂，初晞——"在酒精的怂恿下，说起话来竟然有点像在撒娇，再过几年，就是三十岁的男人了。

祝初晞似乎也扯着电话线偷偷笑了两声。

周谅今望着楼上窗户口透出来的光，眯着眼睛："祝祝，十周年快乐！我们认识都十年了……"

祝初晞吼他："亏你还记得！记得还敢这么晚不回家？"

"是是是，我错了。祝初晞同志，可以宽大处理给小的一个弥补的机会吗？只要您愿意，一定鞍前马后伺候您！"

"你人呢？"

"在家楼下。"

"那还不滚上来？"

"醒酒呢。"周谅今摸了摸头顶，天上好像掉了滴雨下来，他伸长了腿，特欠揍地说，"媳妇儿，我走不动了，你快下来背我回家。"

祝初晞乐了："又做梦呢，是吧？"

周谅今也笑了。

天空飘下来的雨越来越密，遥远的路灯下，星子一般往下坠落。没一会儿，周谅今身上的衬衫湿了大半。

雨是冷的，浇下来更冷。

他打了个冷战，站起来一步一步往家里走。那里有盏昏黄的灯为他而留，身后落在地面上被拖长了的影子，被大雨浸没。

· 贰 ·

周谅今认识祝初晞十年，十年前，槭树胡同还在。

那时候，胡同里住着许多户人家。胡同两边种满红叶槭树，每到秋天，就是一道风景。周谅今每天骑着单车在那里穿梭，车轮从一地落叶上碾过。

祝初晞和她外婆搬过来的那天傍晚，周谅今从学校考完数学回来，心情也不错，口哨吹得响亮，校服被风吹得鼓起，书包斜挎在肩上。

直到晚饭的时候听妈妈说起，隔壁搬来了新邻居。周谅今点点头，没把这件事放在心上。

平静无风的秋夜，和以往没什么不同。

只不过夜里周谅今被渴醒，起床喝水时，听见隔壁隐隐传来歌声。那歌声诡谲，像老电影里的戏腔。周谅今觉得自己八成是听错了，坐在床头屏息凝神侧耳，那声音越飘越远，渐渐消失。

夜里没睡好，第二天上课就没什么精神。

英语晨读，周谅今趴在桌上用本书挡着，就这么混过去了。眨眼到了班主任老姚的数学课，铃声停了之后，他才把盖在头上的校服扒拉下来。

今天班上转来一个新同学，老姚用他那烟嗓在介绍，随后周谅今听到一个好听的女声："大家好，我叫祝初晞……"

周谅今用手掌支着头，目光朝前方望去。

粗汉老姚少女心，每天清晨经过花店都会带束束风信子，半簇紫色半簇白色，插在透明的玻璃瓶里，摆放在讲台的一角。

从周谅今这个角度看过去，鲜艳浓烈的花束就好像别在少女的衣襟上。

他看见秋阳，看见秋阳中无数飘浮的粉尘，看见花，看见花束后如蹁跹掠过秋天湖面的白鹭般的女孩儿。

——她叫祝初晞。

她一步一步地走向最后一排，在全班唯一的一个空座位上坐了下来，成了周谅今的同桌。

　　她拿过他搁在桌面上的数学书，翻开了第一页看了看："哦，原来你叫周谅今。"

　　她对他笑："我认识你。外婆说隔壁家在 A 中读高三的小孩儿就叫这个名字，放学后一起走吧。"

　　·叁·

　　半个月后，槭树胡同死了第一个人。

　　冯家的媳妇淹死在附近的池塘里。清晨，尸体浮上水面才被人发现。周谅今和祝初晞一起出门上学，看见胡同里闹哄哄的，还停着警车。

　　周谅今赶紧带着祝初晞离开，载着她去学校。两个人在路边买油条豆浆的时候，他还是忍不住问："初晞，昨天晚上你听见有人唱歌吗？"说完，又纠正，"不，应该说是唱戏。"

　　祝初晞疑惑地摇头："没有啊，怎么了？"

　　周谅今昨晚又听见了那个飘忽的声音，祝初晞和他家只有一墙之隔，还以为她可能也会听到。

　　"没什么，我就随便问问。"

　　冯家媳妇不明不白地死了，警察没有发现他杀的迹象，这件事就这样落下帷幕。槭树胡同闹了一阵之后，又恢复了宁静。

　　周谅今也很快把这件事抛在脑后，一如既往，上课下课，过着学校生活。枯燥的高三，随着祝初晞的到来增添了色彩。每天早上迫不及待地打开门，站在隔壁一墙泛黄的爬山虎前，等待里面的女孩儿出来。

心事微妙，连风也温柔起来。

有天吃晚饭，周妈妈忽然问："你跟隔壁的初晞走得很近？"

周谅今不明所以，微怔："怎么了？"

"别走太近。"周妈妈只说了这一句，又给他夹了几筷子菜。

周谅今没看明白她各种情绪交织在一起的复杂眼神，惶恐、逃避，还夹杂着一点点厌恶、一点点内疚。

高三理科七班。

祝初晞的身份证不知怎的被人翻了出来，引来呼声一片。

有人指着她的出生年月日感到不可思议："居然比我大五岁！"

班上普遍是十七八岁的孩子，唯独祝初晞，今年已经二十二岁，仍在读高中，多少让人感到诧异。

周谅今一把从别人手中夺回身份证，塞回祝初晞手里，触碰到她汗津津的冰凉的手心。

上课铃一响，切断了这场风波。

祝初晞学周谅今一样把书立起来挡着脸，压着声音问："你不觉得我很奇怪吗？比你们大这么多……"她低声说话时，嗓音总是软软的，像棉花糖一样。

周谅今心跳得飞快，脸上挂着笑调侃："你可不就是个奇怪的大姐姐！"

"姐姐，明天请吃早餐吗？"

"姐姐，英语卷子借我参考参考。"

"姐姐，姐姐，姐姐——"

"周谅今，你有完没完！"

两人相视而笑，祝初晞眼睛里闪闪熠熠，心里的烦闷顿时消散。

老师走至两人桌前，警告地看了他们一眼。

傍晚祝初晞留下来值日，周谅今留下来等她。

两人拎着大袋的垃圾去扔，横穿过操场，体育生正在托着铁饼训练，在夕阳下挥汗如雨，像一匹匹负重前行的烈马。

祝初晞看得出神，出声感慨："这才是青春啊！"

周谅今笑话她："难道你已经七老八十了？"

祝初晞点头："和你们比起来，我确实老了呀。"阳光跳跃在她薄如蝉翼的睫毛上，她轻阖上眼睛，挡住刺眼的光，"我十二岁才开始上学，所以比你们晚了五年。"

周谅今听出了她话里的倾诉欲，顺着她的话问下去："那……十二岁之前呢，你没有上学，在干什么？"

"跟外婆一起生活。"祝初晞避重就轻，答非所问。

周末，周谅今打着借复习资料的幌子，去了隔壁。

是祝初晞开的门。在她家的小院里，周谅今第一次看见了她外婆。头发花白的老太太坐在屋檐下剥豌豆，穿一件旧款的灰布袄子，袖子撸了上去，露出两截枯瘦的、长了老年斑的手臂。手臂上戴着银晃晃的镯子，反着光。

周谅今走过去打招呼："外婆好。"

老太太抬头，灰扑扑的眼睛像蒙着一层尘，随后不冷不热地应了一声。

周谅今一愣，祝初晞把他拉到了屋里："外婆不太喜欢见生人，你别介意。"

"不会。"周谅今倒不在意。

他其实还想问，为什么这个家只有初晞和外婆，但那些话只是在脑海里徘徊了几次，就沉了下去。

·肆·

熬到高考前一天，周谅今和祝初晞说好了考完之后要给自己放一串鞭炮，庆祝庆祝。

后来，鞭炮还没放完，胡同尾的崔家传来一嗓子哭号，差点盖过鞭炮声。

崔家那个瘸了一条腿的崔拐子，用一根麻绳把自己吊死在杂物间里了。街坊邻居都知道，崔拐子吃喝嫖赌样样来，最惜命，只嫌一世不够长，不太可能会自杀。

大家把之前冯家媳妇的死和这联系起来，心里打起了鼓。

凝重的气氛再次在槭树胡同散开，如病菌滋生传播，一时间人心惶惶，各种猜测都有。

周谅今记起，似乎昨晚又听到了那个唱戏的声音。婉转的嗓音，凄婉哀戚的调子。饭桌上，他问爸妈："咱们这一片有谁会唱戏吗？"

爸妈都说没有。周妈妈却像想起什么，眼神都变了："你问这个干什么？"

"我半夜老听见有人在唱戏。"

"儿子你可别吓我，我看你是之前高考压力太大，高强度复习下出现幻听了。现在考完了，就好好放松一下，和朋友出去玩都行，别闷家里了。"

周谅今想想也是，转头就去约祝初晞。

六月繁星灿烂的夜晚，少年久久埋藏在心中的种子悄然钻出地面。他看着站在院门前的祝初晞，只顾着笑。
"你笑什么？"
"初晞，明天一起去虚子峰爬山吗？"
"太热了。"
"山里可凉快了。"
"不想背包。"
"我来背。"
"还有水和食物。"
"我来背。"
"不想走路。"
"我来背……你……"
周谅今窘，蛙声和风里飘荡着祝初晞的笑声："你确定你要背我爬山？"

我确定啊，非常确定。
如果你肯弯腰俯身趴到我背上来，要么我和你一起登顶，要么我累死在半山腰。
祝初晞踢了周谅今一脚："你骂谁呢！当我是猪吗，背我还能累死你了？"

死寂的槭树胡同里，年轻飞扬的笑声显得朝气又突兀。

·伍·

高考成绩出来，周谅今的分数上了一本线，报了本地的一所重点大学。祝初晞落榜，决定复读。

她没有表现出过多的失望，只是说："再读一年高三，我又老一岁了。"

周谅今拍拍她的肩膀："不老不老，你要是不嫌弃，就叫我哥哥，这样听起来我比较老。"

"不好意思，非常嫌弃。"

周谅今的大学离复读学校很远，他每次都要穿过大半座城市去找她，拎很多吃的，牛奶、水果和零食，复读学校的门卫全认识他了。

他跟门卫说："我家有个妹妹在里面读书，营养要跟上。"

他跟祝初晞说："你哥哥打零工赚了钱，就想试试能不能把你养胖点。"

祝初晞穿着校服，扎高高的马尾，有点不好意思地朝他笑。笑容稚气青涩，一点也看不出来是混在高中生里的成年人。

周谅今拍脑门，仰着头笑："得，越长越回去了。"

祝初晞寄宿，一个月才回家一趟，外婆一人在家，反倒是周谅今经常去看她。

老太太冷漠孤僻，却挡不住年轻人的热情，慢慢地，态度也有所转变。看周谅今帮忙扫院子和择菜，有时会给他倒茶，偶尔两人也能说上几句话。

周谅今看着老太太挎着竹篮出去买菜，走在路上，那些平日见人就打招呼的邻里与她擦肩而过，甚至有点避之不及的意味。

初晞和她外婆在槭树胡同一直是不怎么受欢迎的存在。

周谅今想，为什么会这样呢？难道就因为老太太高冷吗？

一次偶然的打听，似乎让他找到了答案。

"槭树胡同这片，有谁喜欢唱戏吗？"

周谅今跟一个上了年纪的爷爷闲聊时，对方含混不清地告诉他。十八年前住在这里的一个叫阮清霜的女人，有一把好嗓子，把《思凡》唱得只应天上有，人间难得几回闻。

"那阮清霜呢？"

"人不在了。"对方避讳地摆摆手，"人不在了。这么多年了，她女儿跟她妈妈居然又回来了……"

周谅今走在路上还在揣摩最后这两句话的意思。离他不到两米的地方，有一道影子从天而降，自高处狠狠跌落，像玻璃器皿砸碎在地上，里面盛着的红色液体迸出，蜿蜒地流到他脚下。

这是槭树胡同无缘无故死的第三个人。

周谅今每每想起亲眼所见的那一幕，胃里翻腾，一阵干呕。

这次死的人叫刘意，是周妈妈的闺蜜，两人关系极好，也常来周家。周谅今始终无法忘记她跌落在地时因恐惧而睁大的双眼。

家里的时钟嘀嗒嘀嗒地走，周妈妈躲在屋里哭泣。

周谅今敲响她的房门："妈妈，你认识阮清霜吗？"

怎么会不认识，十八年前槭树胡同里人人艳羡的女子，长着一张清丽脱俗的脸，一把嗓子能唱断人肠。

那样美的女子，单身带着一个孩子和老母亲在槭树胡同里生活，又怎能不招惹闲话。

阮清霜是烈性子，每一次听见有人嚼舌根，当面就对骂回去了。她漂亮、热情、泼辣、生机勃勃，不知是多少男人梦中的红玫瑰、心尖痣。

十八年前的盛夏，知了嘶哑鸣叫，呼吸间都是燥热。出事那天，是冯家媳妇和刘意联手把阮清霜骗去了崔拐子家。

"阮清霜那样的女人，睡了就好了，睡了她就是你的了。"

"以后她无依无靠，我就是她男人，她不跟我跟谁？"

崔家门窗锁死，阮清霜在反抗中看见了床底的锄头，摸出来砍到了崔拐子的左腿。他的一条腿，是那时废的。

阮清霜从崔家出来时，披头散发像个鬼，盛夏的日头要把她晒得灰飞烟灭。

她从河边过，脚下打了个滑，沉下去，扑腾两下，就没有了动静，又或许不是打滑，是她故意的。

她还有个五岁大的女儿，叫祝初晞。有个牛边的母亲，是猎户人家出身。

阮清霜回来寻仇了，槭树胡同里又传开了。

祝初晞也从学校跑了回来，直往院里冲。

外婆端端正正地坐在正厅喝茶，眼神平静淡漠。知了叫个不停，跟十八年前的盛夏一模一样。

这次警局派来查案的人手多了一倍，势必要把案子破了。陆陆续续有人过来，找街坊问话打听情况。

再过几天就到高考，周谅今怕祝初晞受这事影响，总过去陪着她。高考两天，他也守在考场外，和校门外无数等候的家长没差。

祝初晞考完出来，看见外面站在拥挤人潮中的少年，愣在原地。她迟迟不动，眼睛里不断分泌出滚烫的泪。

"周谅今，你会一直陪着我吗？"

"会。"

"你会永远照顾我吗？"

"会。"

"那你会娶我吗？"

"会。"

那天，他们沿着一路树荫，慢慢走回家。同一时间里，祝初晞的外婆去警局自首了。作案手法、作案时间和目的都交代得一清二楚，然后在警局服毒自杀。

简单的葬礼上，前来凭吊的人寥寥。

惨烈的往事告一段落。

同年，祝初晞考上了周谅今所在的大学，他们顺理成章地交往，陷入热恋。

周妈妈知道以后，反对过，但见周谅今坚持，也不再说什么。只是当每次提起祝初晞时，她脸上写满了隐晦的愧疚。

周谅今浑然不觉。

·陆·

他们第一次吵架，是因为一件鸡毛蒜皮的小事。

周谅今因为社团活动，两人约会看电影时迟到了五分钟。祝初晞撕了电影票扔他脸上，转身走了。整整一晚上，周谅今联系不到人。

有了第一次，很快就有第二次，第三次，第四次，第无数次。

无缘无故地生气、闹脾气、砸东西，周谅今忍了忍，把预备择门而出的祝初晞截住，他抱住她，让她冷静下来。他声音隐忍："我哪里做得不好？"

手指掐进掌心里，祝初晞反问他："我是不是很烦？"她眼中充满倦意和疲惫，自言自语地呢喃，"我这么会这么烦……"

他们一起生活了两年，所有的一切都那么契合，裂痕却在无声无息中产生，可周谅今连弥补都无从下手。

他不明白哪里出了问题。

他背得出祝初晞的课表，每天按时接她下课、去食堂、回出租屋。她给他织围巾，长长的暖暖的毛线，好像把他的心也这样缠住。他努力学习和工作，想毕业之后给她最好的生活。她会做他爱吃的菜，两个人一起下厨时穿着情侣款的围裙。他恶补她喜欢的所有电影，想要离她更近，想要懂她的敏感和心情。她定期买篮球杂志，在杂志夹着花和情书，一起递给他。

他以为他们是注定会在一起的。天长地久那么虚无缥缈的东西，他这个理工科男生却笃信不疑。

可祝初晞看着他，看着面前的这张年轻的、鲜活的脸，闭上了眼睛。

她说："周谅今，不要再出现在我面前。"

她说："周谅今，我恨你。"

为什么会恨呢？

明明那么相爱的人啊！周谅今不明白，连心都可以亲手捧着送到她面前啊，她为什么会恨他？

那个让他爱到不能自已，恨不得一夜之间与她携手共白头的女孩儿，为什么要恨他？

那年他在数学课上抬起头，看见秋阳，看见秋阳中无数飘浮的粉尘，看见花，看见花束后如蹁跹掠过秋天湖面的白鹭般的女孩儿。

现在，那个女孩儿离开了他。

·柒·

冯家媳妇、崔拐子、刘意……与当年阮清霜的死相关的人，其实还差了一个，周妈妈。

阮清霜不慎滑入河中，扑腾着喊救命时，怀着孕的周妈妈从岸边经过。她只犹豫了一秒，便决然走开，没有叫人来帮忙，她是把阮清霜推向死亡的最后一只手。

五岁的女童目睹了所有，她跑着赶过来，阮清霜已沉入水底。

人性有多恶。

当幼童亲眼看见母亲溺亡，旁人无动于衷，恨意在那时就已经种下了。那时她不知道，那个女人肚子里的孩子长大以后，会变成她一生之中最爱的人。

"十二岁之前你没有上学，那你在干什么？"

她跟着外婆不得已住在西街最乱的那一带混生活，在那里生命低贱，如蝼蚁，被碾碎，被践踏。

她学会了各种生存技能——如何在最短的时间内解决危险，如何让你讨厌的人在你面前露出恐惧，如何让脆弱的生命转瞬消失。

她学会了唱戏，如阮清霜一般。

她刚搬回槭树胡同时，每次动手杀人之前感到焦虑，总要轻轻唱几嗓子，没想到却被周谅今听见。

对往事一无所知的少年望着她笑，灿烂中透着天真的笑颜，散发着那个年纪特有的朝气。

他每一次对她笑，她就拼命控制心里的魔。她想，她不能伤害他的亲人。

那是他的妈妈，周谅今的妈妈。

外婆主动替她顶了罪，一切仿佛尘埃落定。那时候，祝初晞已经开始服用抗抑郁的药物。

她常常被药物的副作用折磨，彻夜失眠，无法缓解的头疼，有时还会产生幻觉。她变得十分易怒。

面前的周谅今常常触动她最敏感的那根神经，她渐渐害怕面对他，于是找各种理由无理取闹地与他争吵，借此躲开他。

祝初晞离开周谅今的那一个月，住在教堂里。

一个月后，她在纸上陈述了自己所有的罪，选择了和外婆同样的方式结束了生命。

那一阵，她停药之后，在压抑的痛苦中想起与周谅今在老姚的数学课上的场景。

她说，我叫祝初晞。下面最后一排的座位上，有个男孩儿抬起头来看她。

那一瞬间，祝初晞闻到了微风朝阳中风信子的花香。

闭上眼睛的时候，好像又回到那一天。

她看见秋阳，看见秋阳中无数飘浮的粉尘，看见书本，看见层层叠叠的书本后藏着的白杨般让人感到美好和温暖的少年。

她因他懂得爱，因他懂得隐忍恨。

因他而慈悲，因他而明白生命可贵，并不轻贱。

因他回头着岸。

· 捌 ·

周谅今打开门，对空荡荡的屋子轻轻说："初晞，十周年快乐。"酒意全消，他瞬间清醒过来。

十年了，后来春雨落汴京，只君一人雨中停。

满室寂静的空气，无人应他。

小编有话说：

这个故事让我想到一句话：恨让人痛苦，爱让人解脱。

刚开始并没有想到故事是这样的走向，不过我发现了前文中很多伏笔，比如唱戏声、外婆的冷漠……然后慢慢地到后面的反转。真相一一揭晓，不禁让人唏嘘。女主走后的现在，男主对着空气讲话，假装她还在，这种自欺欺人的爱，也沉重得让人心酸。

Chapter2 ▪ 一念执着

喜欢你这件事，是只有我一个人知道的事。

东归

文 / 野桐

和尚打东而来
往西去
世人颂他
大慈大悲普度众生

· 壹 ·

隋，大业七年。

净土寺里烛火通明，陈祎跪坐在佛像前，嘴里诵着经文。

夜半子时，黑夜被疾风撕裂开来，入堂内，将烛火熄了过半。陈祎被吹得身子哆嗦，颤颤起身。

点灯的时候甚是奇怪，明了一根又熄了一根，如此反复，折腾了好些时候，堂里仍然烛火只照半室。陈祎气馁地垂下左手，另一只手里是快燃尽的蜡烛，他在堂里转一圈，忽然风又来，撩起红色纱幔，从他光滑的头上抚过。

也许是外面的风吹得呼啦作响，堂里一半的烛火映得骇人。陈祎紧张地看向窗外，刚刚确实有一阵轻微的脚步声。

"小和尚，你可知道舍利子在何处啊？"妖媚的一声从堂外而来。

陈祎身子紧贴着窗户，双腿吓得发抖："不……不知。"

脚步声越发近了，陈祎双腿一屈，跌坐在地，眼睛紧闭。

直到手里的蜡烛熄尽，蜡液糊了一手，他方才睁开了眼。

眼前，是同他一般大小的女施主，蹲坐着瞧他。

"你……你……"陈祎说不出话。女施主的眼睛瞎了一只，没有眼仁的左眼里烂呼呼的，看起来面目可憎。

女施主往前一步，问他："嗯？你怕我啊？"

声音媚得让人骨头发酥，跟她那身白净整洁的样子实在不相配。

陈祎手立胸前："女施主这是受伤了，得赶紧医治。"

女施主被他的模样逗笑，转过身嗤嗤地笑。堂里佛像庄严，她四处停停走走，突然跪拜在佛像前。

"都说你好心，见不得世间疾苦，可若你真是菩萨心肠，怎的不来救救我啊？"

· 贰 ·

寺院里落叶堆地，清扫起来甚是麻烦，玄应将手里的扫帚一扔，吩咐陈祎："你今日可得将此处打扫干净，要是长捷法师怪罪下来，你可少不了训斥。"说完便回了寺房呼呼大睡。

陈祎嘴里诵着经文，单薄的身子还不及扫帚高，打扫起来颇费力。

"原来你在此处啊。"一个小小的影子从树上掉落下来。陈祎往后退了退，是前天夜里那个女施主。

"施主怎还在此处？"他看着女施主刚落地时，堆扫在一起的落叶这下又四处散落。

"找舍利子呀。"

"那是何物？"

"药。"

陈祎听得迷糊，寻药怎么寻到寺里来了？

"小和尚，你可有法号？"女施主坐在树下，支手看他。

陈祎摇摇头："不曾有，我还未出家。"

"那你剃个光亮头子做什么？寺里缺亮？"

女施主手里一挥，陈祎手里的扫帚便飞出去好远。他瞪大眼睛，嘴里含混不清。

"吓着了?"女施主忽地立于他面前。这下更不得了,陈祎吓得晕了过去。

陈祎醒来时,长捷法师正在寺房的一角打坐,见他坐起身,问:"你白日里可诵了经文?"

"有。"陈祎气息还有些浮,说话无力。

长捷法师手里转动着佛珠子,听他这般语气,心里一惊:"陈夫人过两日就要来寺里,你这番模样,可得让她忧心上好些日子。"

陈祎本来暗淡下来的目光这下焕亮:"二哥可是说真的?娘亲要来?"

陈祎的父亲曾在江陵做官,后得四子陈祎,便隐居乡间,托病不出。父亲去世后,二哥陈素在净土寺剃发出家,法号长捷,得父亲遗嘱,在陈祎十一岁那年,将他带来了净土寺。

陈祎如寺里所有的沙弥一般,剃掉了头发,却还未正式成为佛门弟子。长捷说,还不是时候。

"作罢。这两日你便在房里休息,切不可忘了诵念经文。"长捷直起身子,推开房门的时候,天边正亮,月光打进来正巧照在他光亮的头顶。

合上门的时候,陈祎又听见哈哈作笑的声音。

"你们佛家,怎么舍得剃掉这般好看的头发?"

陈祎回神,看清坐在床边的人,之前夜里那只瞎了的眼睛完好地看着他。

"你……你怎么在这里？"

"当真这么怕我？"那人手里捏个诀，把原本盖在他身子的棉絮腾空而起，手上再转个圈儿，棉絮就在屋子上空同样打起旋儿来。

"女施主可是魅？"陈祎缩着身子躲在床脚。

世间流传，魅生精怪，饮人血，食人肉，是为害人间的魔物。

"哈哈哈……魅？那玩意儿可比不得我。成精成怪的，都不是好东西。"女施主手搭在床榻上，欲向陈祎靠拢，"我啊，叫白善，是依着白虎岭上天地灵气而生修得的人形。"

· 叁 ·

没了两日，陈夫人上山探望陈祎。那是个身着麻衣的中年女人。

长捷同陈夫人寒暄了两句，便叫来陈祎："这两日可有时时诵念经文？"

陈祎往陈夫人处去："有的。"

那日晌午，陈夫人吃了斋饭便下了山，临走前同长捷又说了好些时候的话。陈祎回了房间，将竹篮里的果实分给白善。

"你们就爱吃这些废食啊？我可吃不惯。"白善在篮子里挑挑拣拣半天。

陈祎挑了一颗大而红的果子，擦了擦，递给她："寺里平日只有斋饭，果子也难有几个，你若不吃，我便分给旁边屋里的师兄了。"

白善挑眉看他，头顶的烧香疤清晰，晃在脑袋上，活像要发芽了一般。她接过来，咬下果子的时候发出清脆的一声。

"你当真不知舍利子在哪里？"

陈祎自己挑了个稍小的果子："听倒是听过，经文里常有。"

"我要的是实物，可救人。"白善心切，扔了果子正眼看他。

"那可不知了。你倒是从何处听来舍利子在净土寺的？"陈祎好奇地问她。

白善低头思索了一会儿，抬头看着他："岭上山神。我求了好些时候，他才松了口同我说。十二年前，颍川大雪一夜消融，佛光照了三天三夜，是舍利子再现，过了十一年，佛光又现净土寺。"

陈祎好奇："你要那舍利子做什么？你既然修成了人身，于你就已无用。"

白善不说话。

休息的这几日里，白善常常在他房间里，同他说话，讲白虎岭上那些修为浅薄的小魅，还有岭上山神。岭上山神终日同他那小娇妻打情骂俏，郎情妾意好不快活。

陈祎自小跟着父亲修佛法，经文念得不少。可是听了白善讲的这些山野异闻，觉得也有趣。

"那你呢？怎不说说你自己？"

白善刚刚兴趣还高，听他这么一问，声音小了下去，在篮子里翻翻拣拣，也没拣着个好看的果子。

"你娘带来的这些果子可真不好，没几日就皮皱肉缩。"

陈祎经文几日不念了，本想着今日就留房间好好诵经文，听她这么说，放下手里的佛珠子："我给你摘去，后院山上果子多，总有你喜欢吃喜欢看的。"

两人去了后山。林子里结了许多果子，陈祎走在前面，白善跟在后面，嘴里嫌弃着："白虎岭上密林成片，那些果子比你们这儿好多了。早些年的时候，前山的虎精和后山的狼精争抢地头，打得不可开交，就是为了那满山红艳艳的果子。后来山神看不过，将两人锁了起来。嘁，那一山的果子就都用来哄他那小娘子开心了。"

陈祎仔细寻着能让白善满意的果子。

"那你平日里都吃什么？"

终于见着一棵海棠树的果子结得还不错，陈祎往上爬了两下，又滑了下来，反复几次。白善看不下去，手一提，将他带上了树头，两个人坐在树顶，摘果子方便多了。

"我啊，是灵气而成的，自然不用吃这些废食。"

陈祎递给她一颗结得最好的海棠果，她不接，反倒一口就咬下去。

白善生得只有十一二岁的模样，跟陈祎看起来没有两样。两个孩童坐在树头上，聊着话。

"那你活了多长了？"

"听岭上山神说，他见着我已经有九百六十九年了。"

"那你怎么跟我一般大小的模样？"

……

·肆·

长捷再到陈祎房里时，是陈夫人走的一个月后。

进门的时候瞧见了睡在屋子里的陈祎，他愣神了好久，才叫醒陈祎。

"同我回颍川去。"

陈祎问也不问，连衣裳也不收拾就跟着长捷下了山。走了半日，两人坐在山头下歇息。

"这几日你是不是忘了诵念经文？"

陈祎活了十二年，每日都要诵上经文三遍，父亲在世时就同他说："你要记着，佛文保你性命，不可忘记每日诵念。"

"没……没有……"他这几日同白善四处走动。白善只要捏一个诀，他就能去往市集、茶楼，光顾着玩乐了，好几日都没有诵念经文。

长捷心一沉，摆了摆手，起身又要赶路。

"走吧，要赶在陈夫人下葬前回去。"

陈祎被这话吓得身子一颤："你说谁？"

"前天夜里，风寒去世了。"

长捷一身袈裟，身后跟着个小沙弥，浅色纳衣，边走边抹着泪，嘴里喊着："娘亲……娘亲……"

下葬在寅时，天还黑着。

陈祎坐在篱笆院前，看着哥哥嫂嫂忙碌着。身边滚来一颗小石子儿，他望过去，看见隐在竹林里的白善。

他轻手轻脚地过去："你怎么来了？"

白善正要同他说话，见篱笆院子里那间小小的木屋里一道金光刹那间闪过，寻思了好一会儿，问他："怎么没听你说你是颍川人？"

陈祎被她问得一愣，想想才记起她曾说过，十二年前，舍利子现于颍川。

"我出生时，父亲便辞官隐居在了乡下，我自幼不在颍川。"

陈祎从纳衣里掏出一颗红艳的果子。

林间的风刮来，吹起纳衣，陈祎看不真切，只觉身边又起一阵风，再看时，白善已经不见了。

手里的果子还躺在他的掌心，沉甸甸的。

回到寺里，是在三日后。

玄应将房间里贴满了符咒，陈祎进门时吓了一跳，问他："你在屋子里贴这些做什么？"

窗户大开，隐隐传来大堂里的诵经声，乘着习习微风灌进陈祎的耳朵里。

"长捷法师说，昨日夜里佛像前伏着一只病狼，看着没气，可是上前要丢的时候，却化作了一团黑气，这是不祥之兆啊。"玄应往高处贴着符咒，誓要将整个房间贴得满满当当。

"这里本就是佛门，你贴这些，还有什么用处？不如打发给来寺里参拜的平常人家。"陈祎坐在床榻上，铺开被子，这一下，散落出好多果子来。

玄应随手挑起一个："我说你前些日子怎么老不在房中，原来是去后山摘果子去了。摘这么多，你一个人也吃不完，怎么不见给我们这些师兄分些来？"

陈祎看着这些果子，心里纳闷，这些都不是他摘的。

再一想，自他回来，就不见白善来过。

长捷皱眉看着他："你可还记得，陈大人离世前同你说过什么？"

陈祎盘腿坐在一旁，手里转动着佛珠子："记得。我生来就是体弱之身，药不能养，术不能医，只能在寺中仗着佛光调理。"

"那前几日我让你养在房中，你可还去了其他什么地方？"长捷闭着双眼。

大堂里燃着安神香，呛得人鼻子发痒，陈祎作势起了好几个要打喷嚏的样子。

"没……没去什么地方。"他看着长捷，动也没动。

突然，堂外惊声四起，玄应大叫着："着火啦！着火啦！"

陈祎爬起身，往堂外走去。浓烟把寺院的一角遮盖起来，长捷疾步而去，他跟在身后步子颤颤巍巍。

那是他住的房间。

沙弥们提着水桶往返数次，长捷指挥着他们，陈祎站在一旁。不知道是不是刚刚的安神香终于起了反应，他连着打了好几个喷嚏，直到眼睛里溢出泪来。

他看见，白善立在大堂房顶之上，斜眼看他。

· 伍 ·

再见到白善，是五年之后，大业十二年。

长捷带着他离开净土寺，四处学习佛法。

那一日，在益州落脚，他见一老妇，行乞在大街上，步履蹒跚，他将袈裟里的馒头分给她，便回了客栈。

夜里寅时，窗户被吹得嗒嗒作响，起身时，看见窗外树上坐着的人。

是白善。

"你怎么在此处？"他站定在窗前。月亮正圆，照清他头顶的烧香疤。

白善看他："你还没生出头发来？"

"你怎么还是那副模样？"

白善的样子，同五年前一样，若要说变化，是她眉心中间，多了一颗红心痣，像极了当年玄应贴在房间里符咒的一点。

"小和尚，你可有了法号？"白善不回他，见他身着袈裟，想必是正式入了佛门。

正也是，白善走了一年后，大理寺的郑大人破格让十三岁的陈祎出家。

"玄奘。"

白善刚刚还心存一丝希望，这下被打成粉末。她转过身，下了树，哈哈大笑而走。

陈祎看着她离去的背影，心里翻江倒海。

那日之后，陈祎身后总跟着几个面相相熟的人，今日是个貌美的女娃娃，明日是赠了馒头的那个老妇，后日又是个拄拐的老丈。

长捷坐在屋内，低着嗓子问他："这几日你怎么总是心不在焉？"

陈祎答不上来。他心里还念着白善，想着她这些年是不是回了白虎岭，这些日子怎么又来了益州。

"无碍，应是诵了几场经文，乏得有些受不住。"

长捷点燃一支安神香："睡吧。"

等长捷走后，他接连做了好几个梦。

梦见初见白善时她那只瞎掉的眼，梦见长捷同他说的话，还有，白善跪坐在几个法师前，一身狼狈，嘴里嘶喊着："你们杀不死我

的！我乃白虎岭上日月普照，天地灵气而成，你们这般小小的法师，
奈何不了我！"

话完，陈祎惊吓得坐起身来。桌上烛火明灭，烛台下放着红艳
艳的果子，他盯着不放，眼里潮湿不退。

他想起，火烧屋子那日，长捷同他说："陈大人要你随我住在
这寺庙里，是因你乃天上舍利子托世，受佛主之命，下界普度众生，
你切勿留恋那些觊觎你的精怪，他们不过是想要取你肉身，尝你血
骨，保不死不灭之身。"

"那日我去你房中，见你周身被瘴气而拢，我就猜到是有精怪
旋于你身，方才叫玄应在你房内贴满符咒。那精怪倒是好生厉害，
放火烧了屋子，她这番作为，其心你更应该明白。"

他不明白，如果白善非要他的血骨，为什么只烧了一间空空的
屋子，还有……还有她为何又要留下那些果子？

陆·

岭上山神将白善带回白虎岭时，她只有一身血骨。

"你这番出去，可见着了他？"

白善双目望着天。夜黑时分，她看见那一日陈祎伸向她的手里，
是一颗红艳好看的果子。

她是那一日才知，陈祎就是她寻了好久的舍利子。

她虽依灵气而化，却日夜受天雷之痛。第一次见陈祎时，她被
天雷打瞎了一只眼，她想，今日是眼，明日是腿，后日可能就是这
具身子。她不想再受这般窝囊气，那舍利子能救她，她便去寻来，

日日带在身边，天雷再来也不怕。

可是她没想到，这一寻，把心丢在了那里。

得知陈祎就是舍利子后，她却不想要那能救她的药了，想着以后跟在他身后，就算天雷把她就地劈成两半她也认了。可是那日她特意从后山摘了好些果子回来给他，满屋子的符咒生生打在她的身上。她气急，放火烧了整间屋子。

后来见陈祎跟在长捷的身后，她想，他可能容不得她留在身边吧。

她回了白虎岭。某日听前山的虎精说在益州城里，有位玄奘和尚身有佛光护体，要能得他的血肉，她便能不再受天雷之苦。

她下山，化作老妇的样子，等着那和尚，不曾想又见着了陈祎。她跟在他身后，只想多看看他，却不知在她摘了果子放在陈祎房里时，长捷连同其他几个法师把她困在阵法里，剥皮削肉。

她活了九百七十四年，找了两次救命的药都遇见他。他身边的人想杀她，她只能躲在这片密林里。

那就作罢，你活你的，我过我的，此生不复见。

"见着了，可是以后，再也不见了。"

· 柒 ·

《西游记》有载："西行四人一马，白虎岭下遇尸魔，化女娃，化老妇老丈，孙悟空三打白骨精，师徒成仇。"

和尚打东而来，往西去。

世人颂他，大慈大悲普度众生。

只有他自己知道，他能普度众生，却度不了自己心里，当年那个十一二岁模样般的女娃。

小编有话说：

大概是因为对《西游记》太过熟悉，所以初次看到这个故事的时候，就感觉内心被揪了一下。没错，是被打动了。大家对唐僧的印象都是没有感情的，但其实他也是有温情的一面，只是因为身上使命太重，无法表现出来罢了。

三夜雪

文 / 溯汀

后人传说
山里曾因大雪困过一个女子和一个和尚
女子困了三天，在第三天的夜里死去
第四天雪停了，和尚却被困了一辈子

·壹·
【救鸟】

北方的冬天寒风入骨，鹩哥被冻得浑身僵冷，从街口的树枝上直直地掉了下来。

天空中渐渐飘起雪花，鹩哥挣扎着不肯闭眼，直到不远处传来一下一下平稳的木鱼声，有一双温暖的手掌把鹩哥从地上捧了起来，轻轻拂下了她翅膀上的尘土。

她终于安心地闭上了眼睛。

·贰·
【寺庙】

鹩哥是被热醒的。

头上是露瓦的屋顶，从那里能看到外面点点的雪花，房梁干枯破旧。她转头，四周是充满裂痕的灰黑色墙壁和一座被擦得纤尘不染的金色佛像，她身旁是火堆和一个念经的和尚。

想来是他带鹩哥来这儿取暖的。

和尚的手指细白修长，握着鼓槌，有节奏地敲击木鱼，朱红的嘴唇一张一合念着鹩哥完全听不懂的经文。

一副只可远观不可亵玩的样子，但越是如此越让鹩哥起了捉弄心思。

她趁和尚不注意化作人形，缠到他身上，故意弄乱了他的袈裟，媚眼如丝地看着他干净的脸，调皮地将红唇覆上他的耳朵。

"抓住你了，你娶我好不好？"

和尚浑身一抖，睁眼就看到了鹦哥娇俏的脸庞，吓得后退几步，躲开她。

他有一双黑且纯净的眼睛，说的话也一本正经："阿弥陀佛，施主，佛祖面前万万不可。"

鹦哥被他逗笑："那不在佛祖面前是不是就可以了？"

和尚皱眉，忽然意识到不对劲，看了看原来小鸟所在的位置已经空无一物，寺庙外又大雪漫天，刚刚他也没听到有人敲门。

他问女子："施主可是刚刚那只黑色的鹦哥鸟？"

鹦哥正了正被和尚带歪的身子，拍了拍皱了的黑衣，看着和尚目瞪口呆的脸，歪了嘴角，点头："嗯，我叫鹦哥，是一只修炼了三百年的妖精。"

和尚躬身还礼，将手掌放到胸前："贫僧法号子觉。"

鹦哥拍了拍身边的石板，示意子觉坐下："这是你的寺庙吗？"

和尚倒也不怕她，大方地盘腿坐下："不是。贫僧也是路过，见此处无人，就带施主暂避于此。"

鹦哥挑了根火柴放到熊熊燃烧的火堆里。

"可是怎么办呢？和尚你坏了我的好事呀，我在街口的柳树上是要等一个人，"她抬头望着和尚，火光映在她的眼里，"我得在今夜杀了他。"手指挑起和尚白嫩的下巴，"不如你替他？"

· 叁 ·

【转喉】

鹦哥见子觉僵直了身子，趁机夺过他手里的鼓槌把玩起来，眼珠一转，想到了比杀他更好的主意。

"要不这样，你听我的故事，姑娘我心情好便饶了你，如何？"

鹩哥说三百年前，她还是刚出生不久的小鸟，被镇上的猎户抓去，摆在街上叫卖。一家富户的小公子逛街时看到了她。小公子穿着华贵，看她一身黑羽，本来没什么兴趣，但听猎户说鹩哥是会说话的神鸟，当即决定把她买下。

小公子开始还很喜欢鹩哥，每天来找她，给她准备上等的粮食，隔着金丝做的笼子逗她说话。可一个星期、一月、两个月过去，鹩哥不仅一个字也不曾说，声音还越发沙哑。小公子生气了，绕着笼子踱步，看着黑漆漆的鹩哥，觉得她是一只傻鸟，猎户也在骗他，世界上怎么可能有鸟会说话。

小公子捡起地上的石子打伤了鹩哥的黑色翅膀，觉得在她身上浪费了时间，接下来的几个月也没有再来找她。

仆人们见鹩哥不再讨小公子喜欢，也不再细心饲养，总是忘记给她添食物。

他们都不知道鸟儿从鸟鸣到学习人语要经过一个过渡期，俗称转喉。

那期间鸟儿会声音沙哑，正是最好的学话时间。

他们太没有耐心，却埋怨鹩哥笨拙。

"我当时太小了，关在笼子里没人照顾，很快就瘦了下来，再加上没人教，更是说不出话了。"

"后来，我逃了出来，不仅没人找我，笼子里还很快养了一只漂亮的百灵鸟，所有人都围着它。你知道吗？百灵鸟可好看了，和那漂亮的笼子特别相配。"她手指绕着寺庙转了一圈，"像我这么黑，也只适合待在这破庙了吧。"

"我恨他们，跑到了很远很远的地方修炼，成了妖精。你猜怎么着？等一百年后我刚刚有能力回去报复的时候，他们已经死了。"

子觉看着鹞哥的眼角滑过一滴泪。

"小和尚，你说我是不是不配被人喜欢呀？"

子觉低头念了句："佛语有云……"

鹞哥打断子觉的话，指着那高大的金色佛像："我不信那神佛，你看，他没救过我，"转眼看着子觉，"但是你救过我，我信你。"

子觉不知怎么回应眼前女子热切的目光。

他半张着嘴，那张常年讲佛的嘴巴，久久地说不出话来。

那天夜里，子觉独自坐在角落敲着木鱼，诵了一夜的经。

· 肆 ·

【林木】

第二天早上，子觉听到鹞哥轻手轻脚掩门的声音，他以为她走了。

雪下了一夜还没停，火堆已经熄灭，屋里屋外都一样冷，子觉放下经书准备出去看看。

屋外大雪盈尺，天地间白茫茫一片，显得远处那个黑点分外惹眼。

鹞哥穿着黑色的衣裳，在一堆雪球前，笑着地朝子觉招手。

"一起来玩呀，会变暖和的。"

子觉手指转着念珠，觉得这个女子真是奇怪，初见时柔弱无助，清醒后又胆大地轻薄于他，回忆往事时仿佛对一切充满憎恶，而现在，在远处笑着，少女般天真无邪。

他摇摇头，转身回到寺庙。

想起了师父从前告诫他的话。

他低头念了句佛："红颜白骨，皆是虚妄，青青翠竹，尽是法身。郁郁黄花，皆是般若。"

既是虚妄，便不要在意了。

等鹧哥回来的时候黑衣覆了一层雪，她一边抖落，一边走向子觉，拿出怀里的干粮。

"这雪看来还要下几天呢，人已经迈不开腿了，小和尚这几天先在这里避着吧。这是我用法术到山下找来的食物，我法力不高，就只能找到这些，你将就着吃。"

子觉掌心放到胸前想表达感谢，只听鹧哥说："就当是我送你的嫁妆吧。"

鹧哥拿着馒头，玩味地看着小和尚瞬间通红的脸，觉得他真是很好调戏，她盘腿坐下，用法术点燃火堆。

"小和尚，我是为了杀人才来这儿的，你呢？难不成专门为了救我？"

非也非也。

俗话说：木秀于林风必摧之。

子觉从小无父无母，被师父收留在寺庙。师父本就偏疼他一些，他又凭着过人的智慧处处都能轻易胜过师兄弟，日子久了，在师兄弟眼里，子觉就成了那块需要摧毁的林中木。

三天前师父圆寂，子觉立刻被赶了出来。

子觉乐得自在，也不记恨，决定今后广传佛法，普度众生，就这么一个人走到这里，遇到眼前这个他需要普度的人。

"啧啧啧，真不公平。同样都是被嫌弃，你是因为太聪明，我却是因为太笨了。"鹩哥撕了一块烤馒头，气愤地丢到自己嘴里。

想了想身边这位是她认定的未来相公，又塞了一块到子觉嘴里。

子觉来不及躲，只觉纤指擦唇，愣在那里吃也不是，不吃也不是。

馒头的香气已在唇齿间化开，他精通佛理，却不知世间竟有如此难题。

·伍·
【怀玉】

鹩哥用手支着脑袋，望着窗外积雪，她从没觉得法术这么有用过。这两天她用法术下山、找食物、取暖、帮子觉擦佛像，日子过得不亦乐乎。

私心里她想让这场雪一直这么下下去。

嘴角不自觉勾起一抹微笑，对敲木鱼的子觉说话，知道那人不会理她，又像是自言自语："要不你还俗算了，我们留在这里，养一群黑兔子、白兔子、灰兔子，再生一群小孩子。你说，人和妖精生的是人还是妖精呢？其实生一群小妖精我也不建议。他们呀，每个都会有一个好听的名字，我会给他们穿五颜六色的衣服，还要像你这么善良才行……"

"我怕这样的日子不多了……"

鹩哥给子觉整理衣服的时候，在他的包裹里发现一本经书，是金丝绣面，一看就珍贵非常。

她问他："这是你的？"

子觉睁眼，停下鼓槌，并没有因为鹩哥乱翻东西生气："嗯，师父过世时传给我的。"

她又问："只有你有？"

他点头，没觉得有什么问题，继续念经了。

鹩哥却知道这大有问题，看来子觉的劫数就是这个了。

那天晚上鹩哥少见地失眠了。

她盯着和尚的脸，想着，他真好看哪，像心口的白玉，又像天边的月亮。

第二天日头刚刚升起，鹩哥忍不住早早把他叫醒，专注地看着他的眼，问了他不知已经问了多少遍的问题："你真的不能娶我吗？"

子觉也不知回答了多少遍："施主，不可。"

眼前的姑娘，值得像她向往的那样一辈子幸福地活下去，可子觉知道，那种俗世幸福是他不能给的。

这条姻缘线，在子觉出家起就该断了，他们要走的是截然不同的路。

鹩哥失落地坐在地上，看着地面，肩膀垂了下来。她想了很久道："那我送你走，你走就不要回来了。"似是下了很大决心。

子觉收拾包袱的时候，在经文里发现一根黑羽，他拾起看向鹩哥。

鹩哥理了理黑色的衣角，抿唇道："我也没什么好送你的，只有这羽毛，还黑黢黢的，那么难看，你不可以嫌弃我呀。"

子觉笑着放回经书里："不难看，我很喜欢。"

雪很厚，鹩哥送子觉下山颇费了些力气。山下是另一个镇子，路比山上好走很多。她怕不够远，还要继续送。直到子觉摆手说不必了，鹩哥才放弃。

"你一定要一直往东走，千万不要回头呀。"

这是鹩哥最后一句话，说完为了不让子觉看到自己已经红了的眼睛，快速转身，飞往西边。只看一个黑色身影，在大雪纷飞间飘摇，渐渐湮没在山里。

她这一路上不停地嘱咐子觉不要回头。

子觉皱眉，隐隐觉得不对，却又不知错在哪里。

往东走了几步，终是不放心，转身，又往回走。

·陆·

【夜雪】

大雪漫天，子觉顶着风雪，用了三个时辰才走回去。

那时天已经黑了，令人震惊的是，寺庙完全变了个样子，窗户、木门都被人破坏，冷风都吹了进去，子觉闻到了浓重的血腥味。

蒲团前倒着一个浑身鲜血的人。子觉几步上前，却惊觉那人有着和他一样的脸。

他吓得倒退，踢到了门板的碎块。

假子觉虚弱地睁开眼，看到他，勉强地笑了，手一挥，化身成原本的模样。

她问他："你怎么回来了？"

是鹩哥。

子觉紧张地抱起她，问："谁把你弄成这样的？你有法术怎么不自保呢？"

"是你的师兄弟。你听没听过'匹夫无罪，怀璧其罪'？你因为聪慧就被他们记恨，如今师父只传给了你那金丝绣面的经书，更让他们起了杀心。他们想知道经书里藏了什么秘密，放在你那儿势必不会甘心，就派杀手来杀你。我法力不高，只能化作你的样子，用法术变了个经书给他们，这样才能救你。"

子觉的心沉了沉，抱起鹨哥："我送你去医馆。"

鹨哥拉住子觉的胳膊："来不及了。外面这么大的雪，到医馆我估计都成干尸了吧，不如安安静静地死在这儿，还能好好看看你。"她大胆地摸向那张白玉般的脸，"一转眼你都这么大了。"

鹨哥以前是见过子觉的，在他的前世。

那时他还是个男童，是鹨哥被关的府里的仆人家的儿子。

小公子顽劣，鹨哥失宠后，下人渐渐不再给鹨哥吃食，都是男童夜里偷偷给鹨哥送的。

过了三个月，小公子见鹨哥还活着也没在意，想到正巧他娘亲给他新做的弹弓快好了，又高兴起来，他决定用鹨哥当靶子。男童听说后，半夜躲过所有人，偷偷把关鹨哥的笼子打开了。

刹那，飞鸟振翅，鹨哥终于恢复自由。

等第二年春天，鹨哥来找男童玩，却听说男童已经死了。

"他们说你是冬天上山砍柴被活活冻死的，我不信，你当时还那么小，一定是那家小公子心思狠毒，知道你放我走，故意陷害了你。可是等到一百年后我刚有能力替你报仇，他们已经死了。"

"有一只千年兔子精和我玩得很好，它托了很远的关系，问了天上的玉兔，替我问到你这一世的命格，让我知道这几天你必有血光之灾。我就去街口的树枝上等，想杀了谋害你的人，却等来了你。我装作昏倒，你果然来救我了。"

"大雪阻挠了杀手的计划，我才得以与你共处三天。他们人多，我法力不够。我只是修炼三百年的小妖，只有两个选择，要不让你娶我，我以后日日夜夜保护你，可你不肯，我只能这样，帮你挡了人生最大的劫难，再盼你余生平安喜乐。"

"真可惜呀，我明明也是个身世清白的姑娘呀，你怎么就不娶我呢？哎，不对，我是妖精，应该算不得姑娘，难怪你不肯娶我。"

……

子觉捧起鹩哥苍白的脸，忽然想起那天清晨，他抬眼看向门外，白茫茫天地间，鹩哥一身黑衣，对他笑意盈盈。

只一眼，便生万千欢喜心。

子觉想问，鹩哥还信不信他。

却终是没能开口。事到如今，无论他说什么，鹩哥都会以为他是出自亏欠，是对她死前的慈悲怜悯，再也不会信他了。

· 柒 ·

【如愿】

子觉怀里的鹩哥越来越虚弱，她费力地伸手，却没力气抚向子觉的眼眶。

她用尽最后一丝力气抿唇笑了，像上一世小子觉费力地在窗前为她打开金丝笼时对她说的那样，对子觉说："你以后要好好的，走吧，走远一点。"

"莫要再让人抓住了。"

鹩哥双目已不能视物，黑暗里仿佛听到了自己振翅飞翔的声音。

鹩哥此生，最不喜自己不及金丝雀好看的黑羽，最讨厌自己因为不受宠没人给她取个好听的名字，最希望心爱的子觉以后如他所想的样子生活，云游四方，讲佛理，传经文。

皆没能如愿。

她死后化出原形，一身黑羽，被葬于庙前，碑名鹮哥，心爱之人子觉一生都守在这山中破庙从未离开。

至此，山中再无飞雪，再无鸟鸣，被誉为奇景。

后人传说，山里曾因大雪困过一个女子和一个和尚。女子困了三天，在第三天的夜里死去。第四天雪停了，和尚却被困了一辈子。

小编有话说：

有一种喜欢，说出来会被误解，不说出来又令人痛苦。这大概就是和尚的心境了吧。世界上总是有那么多遗憾，"珍惜眼前"四个字看上去很简单，实际上却那么难。

承你喜欢好多年

文 / 海殊

她不知道她中毒那天
他在转身的时候
眼底是不是风卷残云的悲伤
但他确实，为了她，再次走进深渊谷底

·壹·

生于蛮荒，流于尘世。

她为自己取名，流尘君。

十九岁那年途经江南，沿途都听到有人在谈论阎家二爷阎少白的事。说这阎家世代都是商家大户，可阎家老爷和大少爷却在五年前离奇失踪。

剩下一个从小体弱多病的阎家二爷和无数家眷奴仆。

就在人们猜测这阎家就要从此没落的时候，这阎少白却以诡异的行事作风、铁血的经商手段让阎家在短短半年起死回生，近年更是达到了前所未有的鼎盛时期。

一时人人称颂，口耳相传。

坊间更是流传这阎少白长得面冠如玉、俊美无韬。虽体弱多病，但依旧有无数闺中女子挤破脑袋都想嫁给他。

听到这些流言的时候，流尘君正坐在城郊的一座茶棚里喝茶。

远远传来一阵疾驰的马蹄声。

来人翻身下马，屈膝跪于身前："少将！"并呈上了一封加急的密令。

短短数语，却触目惊心：尘君，找到阎少白，秘密送往京郊据点，切记，要以命相护。

　　一直喜怒不形于色如她，看到这话也不禁皱眉。这世间会叫她尘君之人，也不过一个萧越。

　　萧越是将门之后，行事向来沉稳有度。但这么紧急地让她做一件事，还是第一次。看来他是遇到麻烦了，不然也不会让她出手。

　　"我知道了。告诉你家主子，我死，也会让阎少白活着。"说完，她就翻身上马，迅疾而去。

　　她从不刻意遮掩自己是女儿身的事实，但她的出生不过是当今皇上遗留在西北苦寒之地的意外。一个被皇家放逐的弃子，注定她的身世艰难。

　　她的记忆里总是硝烟弥漫的战场，马革裹尸的悲壮、冰冷坚硬的铠甲就在这冷冽寒风与鲜血之中沉沉叠加。

　　萧越与她自幼相识，在战场救过她性命，几度生死。

　　根据线索，她在两里地外的树林当中接到了阎少白。

　　一看到马车中的人，流尘君就紧皱起略显秀气的眉。男人英气的面容苍白如纸，裹着厚厚的被子依旧嘴唇发青，简直让人不敢相信现在是秋高气爽的九月天。

　　阎少白也看到了她，没有惊讶，只是朝她微微点头。

　　"君主，麻烦了。"低沉暗哑的嗓音，听来有些虚弱不堪。

　　她同样朝他点点头，架上马车往北方驶去。

　　·贰·

　　接下来三天的行程都还算平静。阎少白精神不济，她倒是时刻保持着警惕。专门绕人少的小路前行，傍晚也尽量选择不引人注意的地方歇脚。

即使这样，他们也没能躲过三天后的那场围剿。

中午时分，天空一阵电闪雷鸣，没多久，瓢泼大雨就突然而至。彼时的两人正走在半道上，前不着村后不着店。

路过一片峡谷时，有着多年行军生涯的流尘君突然感觉到危险来临。

她在第一时间做出反应，抱着马车当中的人往地上一滚。

果然。

下一刻如雨点般的箭矢从四面八方朝马车射来。等到两人从马车侧面躲过箭雨之后，已经有十几个黑衣人将他们团团围住。

她扶着阎少白从地上站起来。经此一折腾，湿答答的黑发贴在他苍白的脸上，看起来越发虚弱狼狈。

对面有人发话了："阎二爷，我们主子说了，你只要乖乖跟我们走，他保证会留你一命。"

听到这话，流尘君突然感觉到身旁的人在颤抖。仔细一听，他原来是在笑，笑得分不清是嘲弄还是厌恶。

"我要是不呢？"他轻声说。

黑衣人头领露在外面的眼睛一瞬间变得狠辣："阎二爷，我劝你最好还是听话。反抗的后果只有一个，死！"

一直在状况外的流尘君终于动了，她扶着阎少白的腰问他："能站稳吗？"

等到他点头之后，她立马抽出剑鞘当中的剑挡到他面前。

　　说实话，这些人并没有让她感觉到多大的威胁。从她答应萧越
的那一刻开始，她就做好了随时面对危机的准备。

　　一片刀光剑影，她肆意收割着人命。

　　一个分神，黑衣人头领就提着剑刺向了她身后。她暗道糟糕，
手上的动作更快，反手拉着阎少白往身后一扯。

　　银剑沿着她的胳膊划过，"刺啦"一声，鲜血立马染红了她整
条手臂。

　　密密麻麻的痛感让她忍不住皱眉，拉着阎少白的动作险些脱手。
好在身边的人虽没有武力，但也懂得趋利避害。

　　在她挥剑打落对手武器的同时，他拉着她的手说："走！"

　　两人往旁边的密林中躲去，纷乱的脚步踏过丛生的杂草，身后
的三个黑衣人依旧紧追不放。

　　渐渐地，流尘君明显感觉到身边的人体力不支。

　　她打量周围，并没有什么能够躲藏的地方，在看到陡峭斜坡下
的一块大石时，暗下决心。

　　她拉住阎少白。

　　对方在看到她眼中的意思后立马反对："不行，这斜坡底下的
乱石太多，以两个人的重量来说肯定会受重伤。"

　　她不是不知道，但是——"你有更好的办法？"

　　短时间的对峙后，她明显看到对方眼神中的软化。他最终妥协
般地叹一口气，伸手搂住了她的腰。

　　从斜坡滚落的过程很难受，不断有尖锐的石头划破皮肤。终于

在感觉快到底的时候，她正欲伸出没受伤手护住阎少白，却发现对方正做着同样的动作。

一手紧紧搂住她的腰，另一只手护住她的头，力气大得她根本没办法反抗。

在晕过去的那一瞬间，她忍不住长叹一声——

这个人……

昏迷的时间并不长，醒来的时候雨依旧没有停歇，滴滴答答，打得脸生疼。手臂上的伤口已经在雨水中泡得发白，狰狞的伤口往外翻着。

她顾不上包扎，连忙伸手推躺在身边不省人事的阎少白。

一番仔细查看之后，她终于露出了这几天以来最深的担忧表情。

她不了解他的身体究竟糟糕到何种地步，但此刻躺在地上的人呼吸微弱，身上遍布被石子、树枝挂破的口子。

昏迷当中的阎少白，浑浑噩噩，不知身在何方。

勉强撑起意识的时候，发现有人正背着自己在前进。女孩子的肩膀并不宽阔，深一脚浅一脚，走得非常艰难。

他伸手欲拍拍女孩子的肩膀，让她放下自己，却在开口的瞬间发现喉咙干涩到根本开不了口。

他抬手拂去女孩子额头的汗珠。她错愕了一下，紧接着蹭蹭他的手掌，让他安心，背着他往上提了提说："坚持一下，快要到了。"

她的声音并不如一般女生温柔纤细，却带着莫名的坚韧和肯定。此刻他才想起，她受伤了，单薄的身躯，背着他走在风雨飘摇的穷途末路上。

又想起萧越在信中提到的那句话：相信她，切记，不要让她知道你的身份。

·叁·

阎少白再次清醒的时候，发现自己正躺在一个山洞里。

流尘君正拿着匕首割手臂伤口上的腐肉，娴熟的动作、淡然的表情，看得阎少白忍不住眉头紧锁。

他撑起上半身，靠在身后的石壁上对她说："过来。"

她扬扬眉，还是听他的话，走了过去。

他接过她手里的东西，拉着她坐在自己身边说："马车和车上的东西都丢了，你这伤口处理不好很容易感染。"边说边撕下自己衣服的袖子替她包扎。

他一边继续手上的动作，一边问她："害怕吗？杀人的时候。"

这个问题倒是让流尘君一愣，接着无所谓地笑笑："没事，习惯了。"说完自己先是一怔，想起几天前自己问他，他也是这样回答的。

不记得曾几何时，她由整夜整夜地失眠，无数鲜血与尸体汇成的噩梦，到后来的渐渐习惯，直至麻木。

那就是，她要活下去的代价。

阎少白结束了手上的动作，拍了拍她的头顶笑得温柔："现在叫你君主似乎不太合适。阿君，我听萧越说你才十九岁吧，很厉害。"

那一刻，火光映衬中的男子有着堪比明月的俊朗容颜，深眸当中暗藏的隐忍和沉重看得她触目惊心。

这个人，她摸不透。

流尘君浑身僵硬，除却她刻意忽略的部分，这安慰小孩子的语气着实让她有些不习惯。

当晚，她就做噩梦了。

满目疮痍的荒凉战场，她双手沾满鲜血，巨大的迷惘和恐惧将她吞没，她挣扎、愤怒、绝望，最后绷到极限般弹跳惊醒。

眼中来不及褪去的恐惧，在对上那双深沉如水般的眸时，奇迹般地平静下来。

她恍然发现，自己竟不知何时躺在他的怀中。

他搂着她的肩膀，温温和和地询问："做噩梦了？"自己的身体明明已经不堪重负，却还是轻轻拍了拍她说，"没事，过去了。再睡会儿吧，我守着你。"

流尘君沉默，眼中的淡漠难得变化。

这个有着残破身躯的男人，却拥有一颗无比强大的心脏。

他们再次上路，已经是半个月后。

阎少白元气大伤，养了足足十几天，脸色才勉强恢复一些。期间，她给萧越去了一封信，说了一些目前的情况和所在地点。

没过几天，流尘君就感觉周围出现了一些个中高手，他们并没有现身，只是暗中保护。

看来，萧越那边的麻烦事解决了。

还有一件让流尘君觉得暗松一口气的事，那就是萧越让人给了她一份沿途的落脚地点，到处都有人接应。

这意味着他们应该不会再出现上次那么狼狈的情况。

果然，在下一个地点他们就碰到了来接头的人。是在阁家做了四十几年的老管家彭叔，此人脸上的皱纹如刀刻般清晰，精神壮硕，见到阁少白，微微颔首，一声"二爷"，不卑不亢。

但不知为什么，流尘君对上老管家的目光竟觉得心里堵得慌。她不喜欢他的眼神，极具侵略和审视。

但聪明如她，什么都没说，什么也都没问。

晚上，她依旧习惯性地待在阁少白的房间。睡觉前，彭叔端来了一碗黑乎乎的中药，让阁少白喝。

流尘君看阁少白神色如常地喝下之后，倒是没什么表情和动作。

之后十几天的路程，天天如此。

彭叔每天定时定点来送药，可流尘君却发现阁少白的身体变得一日不如一日，每天夜里冷汗不断，甚至咳中带血。

她就算再傻，也知道了他喝的药肯定有问题。

当时他们离京城不过三日路程，那天晚上，彭叔依旧端着药来到阁少白的床前。

就在阁少白准备伸手的一瞬间，她迅速拔剑指向彭叔："你找死！"

彭叔果然如预想般不好对付，轻松地躲过她的招式，手成鹰爪姿势朝她的脖子袭来。

她一惊，就听到阁少白有些气急败坏的声音："阿君，住手！

谁让你对彭叔出手的！”短短一句话，说得脸色涨红、气息急促。

倒是彭叔在他开口的一瞬间就收了手。

拿着药碗继续递给他。

阎少白接过说：“彭叔，不好意思，是我管教不严。”

老人一语双关：“二爷多虑了，您心里明白就好。”听得流尘君紧捏双手，却在阎少白喝下药的一瞬间，扭过头去。

彭叔出去之后，等了半晌，流尘君突然感觉到有人靠近自己。

下一瞬间，对上阎少白带笑的眸。他理了理她耳边的碎发，笑着说：“阿君，我很高兴。”

那双一直看不清情绪的眸，此刻的热度几乎将她灼伤。她知道他在谢什么，正因如此，有些话她也问不出口。

但她到底是没有忍住，冷着脸说：“那药你不能再喝了。”

他深吸一口气，将她揽进怀里，轻轻在她颈边说：“放心，他不会再有机会了。”

阎少白说到做到。

当天晚上，彭叔因为中毒七窍流血，暴毙。这也算是以其人之道，还治其人之身了。

两天之后，他们在京郊一处隐蔽的园子门口见到了前来迎接的萧越。

面容俊朗的男子负手而立，脸上的喜悦在见着阎少白的样子时变成深深的担忧，最后无奈地叹口气。

只得拉过流尘君，问起一路上的细节。

刚跨进门口，一道娇娇柔柔的嗓音传进耳边："二爷！"

来人正处于芳华妙龄，眉目清秀，一双水眸看着阎少白摇摇坠坠，分外惹人怜爱。

"妙音，你前两天身子刚好，怎么就出来了？"萧越问。

叫妙音的女子看着阎少白，一脸的欲言又止。

阎少白倒是没什么特别的表情，看了流尘君一眼才缓缓地开口："怎么了？"

萧越连忙接话："前段时间她知道了你重病的消息，一时急火攻心。这不，一知道你回来，急急忙忙就跑来见你了。"

流尘君想忽略心中忽然冒出的异样感觉，尤其是在听到阎少白叹息一般地说："妙音，没什么比你保重身体对我来说更重要的事，你明白吗？"

女子脸上瞬间绽放的光芒，刺得流尘君忍不住微微闭眼。

当晚的接风宴，最终以阎少白身体不适而告吹。突然放下任务的空茫感，让流尘君略微有些不习惯。

晚上在凉亭发呆的时候，背后突然传来脚步声。

曾经他们是无话不谈的挚友，今朝却成了相对无言的看客。

萧越看着她说："尘君，我知道你有太多疑问。对于无法告知真相这一点，我觉得很抱歉。"

她看着湖面摇摇头："不会。"停顿了一下又说，"你今晚找我不止为了这件事吧？你想让我离开京城。"

不愧相交多年。

他们总能在第一时间看穿对方内心真正的想法。

"不！准确地说，我想让你离开少白。趁还来得及，放手吧尘君，兄长不会害你。"

萧越难得严肃地看着自己视若亲妹子的尘君，看着她一身男装，清俊如玉。看着她眉头紧锁，内心挣扎。

过了很久，她问他："兄长，你会护着他的吧？"

萧越内心大震，这声兄长意味着的承诺有多重，只有他自己知道。他沉重地点头："会，任何地点，任何情况。"

流尘君最终闭了闭眼，开口道："好。"

· 肆 ·

流尘君并没有和任何人道别，连夜去往了边关。

她恢复了从前的生活，那一个月的经历像是一场梦。

每一场战斗结束，当她身临遍地尸体的荒凉战场总能想起那双深沉的黑色眼眸。往后的漫长岁月，她才恍然明白。

原来那个人，驻进了她心底最深处，不敢遗忘，不愿遗忘。

建国二十三年，匈奴进犯。

边关迎来近年最大的一场雪，天地一片银白，愤怒的嘶吼、绝望的哀号，洒下的是热血男儿的豪情壮志，是边陲之地的不屈灵魂。

她一身铠甲，冲锋在生死边缘。漫天的血色，染红了她清亮的双眸。

连续三天三夜的战争，所有战士已经筋疲力尽。

但，援军没到，敌军却还在蜂拥而至。

深深的绝望笼罩住零散的将士，不断被攻陷的消息传入耳际。

流尘君明白，朝廷这是打算放弃他们了。

这一刻，她反而很平静。

她想起自己十一岁那年立于朝堂之上，那个人对她说："从现在起，你是我大齐最年轻的战士，朕以你为荣。"

没错，她是大齐的子民，是戍守边关的屏障。

唯独，不是他的女儿。

有一个身份低劣的母亲，她的出生见不得光。她不恨他从未将她放在心上，不恨他随随便便就放弃她。

坐于高堂，她从前便知他的冷酷残忍。

所以，她那时对他提过的唯一要求，是此生不再踏进皇宫半步。

终于，这一切都将结束了。

突然，耳边传来将士激动的吼声："援军到了！援军到了！我们有救了！"

目之所及的地方，狼烟四起，萧越策马而来。

又一场厮杀，开始了。

一天一夜的激烈交战，敌人终于在天明时分退了兵。萧越和她在战士的欢呼声中并肩坐在山坡之上。

"怎么会来？"她问。按说，这么远，他不可能赶得过来。

萧越粗喘了一口气："我要说你们开战的第一时间就有人通知让我带兵追过来，你信吗？"

她信。不用问，她也猜到了是谁。虽然她很好奇这么庞大的情报网，那个人是怎么建立起来的。

"他呢？还好吗？"不想承认，两年的时间，思念竟比想象的更深更重。

萧越正准备回答，突然侧头看了远方一眼，嘀咕了一句："我就知道。"

她本来还有些疑惑，但看到远方越来越近的那抹身影时，一时怔住。

来人坐在马车里，正撩着车帘往这边望来。

马车停在山坡底下，他穿着白色狐裘踏雪而来。天地之色成为背景，只有那抹熟悉的身影入了她的眸，暖了她的心。

他瘦了，还是一样苍白、清冷，只是眉眼未变，精神倒是比初见那年好一些。

什么时候走到他面前的，她已经不记得。

长时间的作战已经让她的身体机能处于僵硬状态，她看着他，在心里描摹着他的样子，久久无话。

倒是对面的人在第一时间脱下狐裘披在她肩上，眼中是从未有过的焦虑和担忧。他抚着她的脸，轻轻唤她："阿君。"

她才想起来，此时的自己浑身浴血，面目狼狈得像只鬼。

她牵动了一下僵硬的嘴角："我的样子是不是很可怕？"

他摇摇头，缓缓地将她揽进怀里。温热的气息包裹住她疲惫的身躯，舒服得她忍不住想要闭上眼睛。

再次睁眼，看到的是熟悉的营帐。帐子里，炭火烧得正旺，温暖如春。

阎少白披着棉袍坐在火边看书，那不动声色的清俊眉眼，已成了她心上最重的那道伤疤，影影绰绰带来的隐痛深入心底。

那一刻，似乎没有什么比眼前这个人更加重要。

短短三天时间，萧越和阎少白就接到京城传来的消息，回京述职。

他们走的那天，天空中依然飘着鹅毛大雪。

阎少白替她拢了拢白色的毛领说："阿君，明年开春如果我能来接你，就在一起好不好？"

她几乎没有思考，就笑着点头。

如果她能预料到，他话里有话。如果她能猜到，他这一去，生死未知，她一定不会选择放手让他离去。

短短半个月的时间，流尘君就听到消息。萧越违抗军令，带领大军直奔京都，欲意谋反。

一时天下大乱，人心惶惶。

流尘君思绪混乱，她知道萧越的确违抗军令，但说谋反，她不信，也不可能。

但是，那个人呢？他与萧越走得那么近，此时可曾平安？

来不及思考，她打算立马进京。

却在走出不到五十米的地方，被人拦下。

"君主，你不能离开。"来人一身黑色劲装，刚硬的面庞没有丝毫表情。

"你是谁？奉的又是谁的命令？"之所以没在第一时间动手，是因为她看出此人的目的只是为了将她拦下，丝毫没有要取人性命的样子。

"恕卑职无可奉告。"

他不为所动，也就不能怪她下狠手。

她手中的剑顺势而出，直指对方命门。

可对方只是一个劲地闪躲，不还手，不挑衅。

这让流尘君一时不知到底该怎么办。但当她挑落对方一只袖子，看到他手臂上的鹰形文身时，浑身大震。

"炎鹰暗卫！"

这天下除了皇族死士，还有谁会有这样的标志。

但他究竟是谁派来的？将她困在这边关之地的目的究竟是什么？就在她充满疑惑的时候，对方下一个动作却让她当场愣在原地。

他手里拿的是什么？

那是阎家的玉符，是阎少白在病重深夜也紧紧捏在手中的东西。为什么在他手中？这又意味着什么？

对方突然跪倒在她面前："手下奉家主之命暗中保护君主的安全，不得让君主离开边关半步，抗命者，杀无赦！"

家主？他口中的家主竟是那个人吗？

身为皇家最利的一把刀，游走在最黑暗地底的暗卫首领。

竟是阎家的病弱二爷！

难怪，萧越一直不肯告诉她事实真相。

"算了，你起来吧。"她觉得自己还有许多事情没有理清楚。

可眼前的人并没有依命行事，反而从身上摸出一封信递给她，深深弯下腰沉声道："求君主救救我们二爷！"

　　她的心里突然涌上非常不祥的预感。

　　打开信纸的手都有些不自觉地颤抖，是萧越的笔记：欲救少白，速带兵进京。

　　·伍·

　　日夜兼程。

　　沿途收到的快报都是，萧越被革职查办，秋后问斩。

　　阎少白，未知。

　　派出去的人，收不到一丁点关于他的消息，就好像这个人重来不存在，也没有出现过。

　　但就是因为这样，反而让她的心降到谷底。

　　没消息，就是最坏的消息。

　　流尘君从来没有想到，她发誓此生再也不踏进皇宫半步，但如今她不仅踏进来了，还带着大批手足亲信，无数边关将士，直达地牢。

　　见到萧越的时候，他已经奄奄一息。受过重刑的身躯，几乎找不到一块完整的皮肤，面目全非，身心俱损。

　　眼中的热泪瞬间滚落，在这潮湿阴暗的地牢，她砍断他手脚的铁链却不敢触碰他分毫。

　　"兄长……"她唤他。

　　萧越勉强睁开双眼，看到她之后，还露出了松一口气的表情。

　　在昏过去的最后一瞬间，他凑近她的耳边——

　　"尘君，不要相信任何人。"

　　带着萧越出了城，他们扎营在皇城之外。

　　局势，一触即发。

　　当晚，营地就迎来一位不速之客，沈妙音。

　　两年前，她们曾见过。这一次沈妙音跪倒在她面前，声泪俱下地求她救救阎少白。

　　流尘君突然觉得悲凉。

　　她知道这沈妙音必定对阎少白情根深种，但一想到这阎家上下老小，不知也曾如沈妙音这般脆弱无助。

　　她扶起她道："不用你说，我的人我自然会救。"

　　原谅她并不是一个大度宽容的女人，面对感情，她也会自私。

　　沈妙音搭住她的手，听到这话，深深掐紧了她的胳膊。

　　流尘君皱皱眉，到底是没有放在心上。

　　睡了一天一夜的萧越终于在清晨时分醒了过来，此时的城门外面全是她边关的将士，只等一声令下，就可攻进皇城。

　　流尘君在萧越醒的第一时间，赶到他的营帐。

　　他正斜卧在床榻之上喝药，见到她来，将她叫到床前，叹息说："尘君，我最终还是把你牵扯进来了，这少白要是知道了，也不知会不会杀了我。"

　　流尘君难得笑笑："哪有那么夸张，是我该谢谢你愿意信任我。"信任我即使知道他的身份，也愿意为他赴汤蹈火。

　　萧越说："少白早在决定去边关救你的时候就料定了这个结果。他对我说，如果出事，一定要想方设法地将你困在边关。我之所以没有照做，是因为我知道他抱了必死的决心。"

必死的决心吗？

身为暗卫首领，究竟是什么原因才让当今皇上不惜一切地要杀了他？两年前，一路的追杀，有毒的汤药……流尘君简直不敢想象，他的身上还有多少她不知道的不堪经历。

萧越突然说："尘君，你可还记得十一年前的淮远大战？"

怎么会不记得？正因为那场战争的失败，朝堂之上的那人才有借口将她送往边关。

萧越这七尺男儿却在下一刻突然红了眼眶，他哑着嗓子说："人人都以为是我父亲的作战计划导致那场战争的惨败，却无人知晓，那是当今天子预谋已久的血洗计划。我萧家世代忠良，那个人却听信谣言，让我萧家两万骑军葬身淮远，尸骨无存！"

一刹那，从心底冒出寒意席卷了流尘君全身。

再连同想到他们之前的动作，她瞳孔骤然收缩，厉声道："萧越，你疯了！那个人坐拥天下，一旦失败，你可知道后果？"

谋反，原来这才是真相。

萧越笑了，眼泪横流："后果？尘君，不过是一死而已。如果你知道，那场血洗计划当中还有阎家一百零八位死士，其中包括少白的父亲和大哥，你可还觉得，不值得？"

流尘君瞬间攥紧拳头，连指甲抠进手心都没有丝毫察觉。

"他人呢？"她问。

萧越说："一切都在我们的计划之中。多年隐忍，我们早就没有退路了。但你不同，少白他把你看得那么重，不到万不得已，我

TARENDENGSONGSAN
WOZAIDENGYUTING

也不会瞒着他把你找回来。"

　　这时流尘君才知道，正是因为少白决定到边关救她，才让他们的计划被打乱。

　　萧越说，少白明明知道杀你是皇上故意为之，目的是将他们一网打尽，但他还是义无反顾地去做了，选择了最坏的那条路。

　　就在这时，外面突然传来巨大的声响，是战争开始的号角声。

　　两人对视一眼，均看到对方眼里的震惊。

　　她立于城下，仰头与站在城门之上的人对视。

　　被带进城门的时候她还在想，十年未见，今朝，他居然愿意屈尊降贵前来迎接，不知她是不是该觉得荣幸。

　　那个人坐于朝堂之上，陌生又熟悉的样子看起来依旧锐利阴沉。

　　"阎少白呢？"除了开门见山，她不觉得和那个人有任何可以说的。

　　一声震怒："齐悦，你可真是朕养的好女儿！好将军！为了一个苟延残喘的男人，你是打算忤逆朕吗？"

　　听到这话，流尘君就笑了，笑得苍凉悲哀："皇上，您忘了，当您送我踏进西北之地，决心杀了我的时候，齐悦就死了。现在在您面前的，是流尘君。她不为你活着，更不为你的大齐活着！今天我要是见不到阎少白，毁了您这大齐江山，又如何？"

　　上位者的男人脸色涨红，尖利的眼神恨不得将她碎尸万段。

　　"来人！带上来！"

　　在经历了无数个漫长的日夜，她终于在这一刻见到了那张熟悉的脸。

但是……

她血红着双眼，对着皇帝恨声道："你们究竟对他做了什么？"嘶哑的嗓子，显示了她那一瞬间的痛心疾首。

她简直没有办法形容他的样子。被四个官兵架住的阎少白浑身被汗水湿透，神志不清。他的脸色已经不能用苍白来形容了，那毫无生气的样子，仿佛下一瞬间她就会失去他。

将自己送进虎狼之口，就是所谓的计划？

"放了他！"她的声音坚定沉着，是孤注一掷，是不留退路。

这场对峙，让整个朝堂噤若寒蝉。

就在流尘君不注意的同时，皇帝一个眼神，就有人朝着阎少白的肩胛划拉了一刀。剧痛让昏迷当中的人浑身微微颤抖。

终于，他清醒了。

流尘君分明看到他看着自己的眼神是惊痛，是自责，最终化为一潭看不到底的浅浅纹路。

流尘君红了双眼。

端坐在龙椅上的人突然走下来，他站到她面前，面带嘲讽："这样就受不了了？那你还怎么和他一起谋反？齐悦，你还是太天真，你眼前的这个男人究竟有多可怕，恐怕你还不知道吧。"

不等她做出任何反应，他又说："你要是选择退兵，朕可以做到既往不咎。你依旧是我大齐的功臣，是朕的女儿。"

流尘君从未在哪一刻觉得如此好笑："你的女儿？那我娘的死、萧家两万忠魂、阎家一百零八条人命，又该怎么算？你忠奸不分，每当夜深人静，你难道都不会有一丝丝的愧疚？你都不觉得害怕吗？"

戳到了帝王最深的痛处，他面目狰狞："来人！把这些逆子通通给朕抓起来！"

没有人动。

居然没有人动。

说实话，流尘君是震惊的，她并不知道阁少白他们具体的计划。朝堂之上，瞬息万变的局势她无法掌控。

但看样子，他们的计划成功了。

她看着这个一向骄傲自负的帝王在短短时间老去，他一生追求的名留青史，也将就此画上污点。

一股从心底升起的无措，就这样淹没了她。

她知道阁少白看着自己，但她无法做出任何反应。

她突然想起，眼前这个佝偻着背的老人，是她父亲。

"阿君，对不起。"是谁，在轻轻吻去她眼角的泪痕？

他懂的，他一直都懂，懂她最深的痛楚和挣扎。

懂她求而不得的父爱，懂她贫瘠荒凉的悲哀。

·陆·

一切似乎都尘埃落定。

三皇子逼宫篡位，被太子当场绞杀。先皇病重，半个月后，太子顺利登基。

一场惊动天下的夺嫡大战，以新皇为十年前的萧家冤案平反为告终。流尘君看着坐在树下悠然喝茶的阎少白，一时不知该说些什么。

萧家平反了，但他阎家一百零八条人命将就此掩埋，除了他，无人铭记。

他回头看到她了，笑着朝她招手："阿君。"

他总是这样轻轻地唤她，像是放在心尖珍藏的那抹温柔。

是啊，还有什么比此刻的宁静来得重要？

她想回给他一个笑容，喉头却突然涌上一股血腥味。心口传来密集的疼痛，哪怕习惯疼痛如她，也不禁软倒在地。

倒下的那一刻，她看到的是阎少白平静的表情，之前的温柔像是转瞬即逝的梦境。

一个似曾相识的声音从不远处的长廊传来："二爷，该喝药了。"

流尘君苦笑，沈妙音，她怎么就忘了这个人呢。

眼前渐渐模糊，她看到的是阎少白转身离去的背影。她似乎错过了很多事，又或者，是她不愿意去相信。

不愿意相信，他或许从头到尾都利用了她。

又或者那个逝去的帝王说对了一件事，她太天真，阎少白的可怕她还远远没有体会到。

清醒的时候，她发现自己被蒸在一个木桶里，剧痛传遍四肢百骸。

谁在救她？

下一刻，拿着药材的沈妙音突然推门而入，看到她笑着说："你醒了。这药材需要泡上三天，辅以放血扎针，半月方可治愈。"

流尘君冷冷地看了她一眼，平静地开口："这毒是你下的吧，就在之前你来找我的那天晚上。"

沈妙音先是一愣，接着褪下脸上的笑容："奴婢从来都不会反抗二爷的命令。你尽管放心，二爷说要留你一命，奴婢自当尽力。"

她选择沉默，不再开口。

三天之后，她身体稍有恢复，阎少白终于再次出现在了她的面前。

一身黑衣，熟悉的眉眼不复最初的温和淡然，那是冷冽，是锋利，是全然陌生的阎少白。

那才是他最初的模样吧。

她总是因为他的身体，而忘了他还是那个有着铁血手腕的阎家二爷，是整个天下最大暗卫组织的领头人。

他站在她的床前，看着沈妙音为她放血解毒。

沈妙音说："后续没有特别复杂的过程，会有专程的御医前来为你治疗。"

流尘君没有回答，她只是看着站在不远处的那抹身影："阎少白，我不管你接下来打算做什么，不要去。"

直到他转身出去，都没有和她说过一句话。

第二年春天。

　　边关之地一如她生活十多年的往昔模样，但好在新皇勤政爱民，近来并无战乱发生。

　　萧越在前不久来信说，他辞了官职，打算到处走走。

　　她没有问他可曾知道那个人的消息，只是送上了最简单的祝福。

　　曾经沧海桑田，回首起来，依然心有戚戚。

　　还记得当萧越告知她，阎少白活不过三十岁时那种连呼吸都带着痛的感觉。

　　在她中毒期间，的确怀疑过阎少白是不是利用了她，但是当她冷静下来仔细想过之后，她决定相信自己的直觉。

　　不论眼前的事实多么令人难以接受，她始终相信，阎少白不会骗她。

　　那些丝丝入扣的温柔缱绻，绝境时的以身相护……怎么会是假的呢？

　　依然记得那年边关他冒雪而来，依然记得朝堂之上他眼里的惊痛。每一个低眸的瞬间、安心的拥抱，她都记得。

　　她不知道她中毒那天，他在转身的时候，眼底是不是风卷残云的悲伤。但他确实，为了她，再次走进深渊谷底。

　　后来才知道，阎少白也曾有过鲜衣怒马的时光。他是阎家捧在手心里的二公子，有着无数人羡慕嫉妒的家世背景。

　　一场蓄谋已久的血洗计划，他失去了父亲和大哥，失去了能遮风避雨的家。

那年，他十三岁。

他韬光养晦，隐忍多年。从风马少年到暗卫首领，有多少腥风血雨，又有多少生死边缘。

终于，他的势力引起了那个人的忌惮。

像一把尖刀悬在床头，让他夜夜不得安睡。

阎少白由着那个人将他手足尽废，由着他下药一日一日摧毁他的身躯。

他以自己的性命为代价，只为等到最后那致命一击。

萧越说："尘君，你是他计划里的意料之外。"他或许最初曾有借她之手的计划，但他到底是放弃了。

原因，或许是舍不得。

她还知道了沈妙音就是受帝王之命给阎少白下药之人。但不料，沈妙音对他动了情。

沈妙音以救她为交换条件，换得阎少白此生相伴的诺言。

流尘君不在乎余生陪阎少白左右的人是谁，她在乎的，是阎少白还能有多少个余生？

是谁在说——

阿君，如果明年开春我来接你，就在一起好不好？

好啊。

回首之际，有人正站在梨花树下对她微笑。

阎少白，你不来，我不走。

这天上地下，我都陪你到白头。

小编有话说：

一口气看完，终于到了最后那句"这天上地下，我都陪你到白头"，忍不住哭了，缓了很久很久。我想，爱而不得大概就是一种折磨吧。

Chapter3· 念念不忘

我走了一条复杂的路，不小心弄丢了你。

可惜没如果

文 / 晚乔

如果那九百公里不存在
如果他能离她近一些
如果他愿意接受，如果她愿意舍弃
如果他能够改变，如果她再体贴些
如果真的有如果，或许他们有或许
可惜结局已定，多的都是假想

·壹·

李小森也不知道自己怎么就和方希在一起了。

她挂了电话，坐在床上，握着手机，满脸冷漠。分明那个人一天能让她生八百遍气，她怎么就和他在一起了呢？

李小森咬咬牙，脑海里又自动回放起刚才的聊天内容。

作为一个资深言情爱好者，李小森可以说是熟练掌握各种套路了，不管是撩小哥哥还是小姐姐，她就没有不成功的，却除了一个人——

方希。

就拿刚才来说。

自从在一起之后，喜欢打字不爱说话的李小森几乎每天都要和他通一个小时电话。不同于李小森是个夜猫子，方希的作息规律得可怕，就像是身体里安了一个时钟，每个刻度边上都清清楚楚地写着那个时间段应该做什么事情。

比如，方希晚上十一点钟是要睡觉的，所以，即便和李小森还在打电话，他也困得直打呵欠。李小森清楚这点，所以也没什么意见。

只是，打着电话的时候，她忽然生出一个想法，小恶魔一样对着意识不清的他轻轻笑："你的生物钟到时间了？"

那边的人猛地清醒了一下："嗯？我的生物钟不是你吗？"

李小森努力压下自己的笑意，但是无论如何都压不下来：

"哼。"

美滋滋笑了一会儿，她又加一句："你要睡觉了？"

"嗯，有点困了。"他说完又补充，"不是和你聊天困的，我特别喜欢和你说话。"

方希的声音很好听，是那种干干净净的少年音，困倦的时候由于语速放慢，也就自带了一些温柔。

"我知道。"彼时的李小森抛出套路，"不然你睡吧，别说话了。"她弯着眼睛，"我给你唱安眠曲啊？"

李小森说完，清了清嗓子就打算唱"我的宝贝宝贝，给你一首甜甜，让你今夜都好眠"，可以说是很"苏"很撩了。

"安眠曲？"

却不料方希打断了她。

他说："小时候我每次睡不着，我妈都会给我唱的。"

李小森措手不及："啊？"

方希倒是忽然来了兴致："就是那个——世上只有妈妈好，有妈的孩子像个宝……"

他说完，对着手机就给李小森唱了一遍。

李小森："……"

唱到后面，方希大概是真的撑不住了，声音越来越小，最后停了下来，变成均匀绵长的呼吸声。李小森"啪"的一声挂断了电话，心情和眼神一样复杂。

在方希的面前，李小森的套路仿佛都喂了狗，没有一个能被接住。

虽然以前看微博上的段子，她也觉得钢铁直男这种存在是很萌的，但是……段子归段子，真的遇见了，她发现，自己一天就需要原谅他八百遍。

这个人，怕不是个傻子。

·贰·

第二天是周末，李小森起得很晚。

她伸个懒腰拿起手机就看见一条信息，而信息的主人备注名是"FX"：

叮咚——昨天又不小心睡着了，我家小可爱生气了吗？

李小森撇着嘴，狠狠地戳着屏幕，就像是恨不得投过屏幕直接去戳某个人。

——生气了。

对面秒回：那我要怎么样才能让小可爱消消气呢？

——跪键盘吧，不能打出字的那种。

FX：这个简单，问题不大，我的键盘是插入的，只要不接上电脑绝对打不出字！

李小森：……

FX：玫瑰.jpg

李小森翻着白眼找了个"滚"的表情包，秒收获对面的委屈巴巴。

FX：玫瑰不好吗？

李小森：好是好的，但你这是真的吗？

FX：心是真的，你要不看看？

李小森刚刚想笑，就看见对面发来一个递刀的表情包。

FX：给你，你轻点儿扎。

李小森：……

FX：现在我得到原谅了吗？

李小森扶着额头，心道算了算了。接着叹一口气，她发过去一个"嗯"。

FX：这是谁家的小可爱，怎么这么好呀？

李小森几乎被弄得没脾气了：不然呢，还能离咋的？

FX：哈哈哈，你怎么这么可爱？

李小森有气无力地滚了一圈，对着屏幕念念叨叨："你才逗……算了，我能指望一个傻子看出来什么？"

FX：起床了吗？等会儿出去吃饭？

李小森：嗯，我准备一下。

是出去吃饭，不是出来吃饭。

方希不是在约她，他们相距很远，九百多公里。

死宅又不懂计算的李小森曾经为了知道九百公里是个什么概念，自己出去试着走了两公里。两公里的路，走快一点大约要二十八分钟。

那么九百多公里好像是有点远，接近二百一十个小时。

可她刚刚沮丧完，很快又开朗起来。

现在交通发达，又不是远古时期，只能靠一双腿或四只蹄子，真要论起来，其实就是一个小时汽车加四个半小时动车的问题，不是见不到。

是啊，不是见不到，却也不是想见就能见到。吃饭很简单，但想要一起吃饭，还是有点难。

走在路上，李小森翻起了聊天信息。

她很喜欢翻聊天信息，经常一个人边看边笑。

他经常会给她发一个表情包，是一只带了粉色滤镜的小猫，配字是"爱你"。

李小森也默默收藏了，但她很少会回他这个。就像她几乎每天都要逗他对自己语音说"爱你"，说"晚安"，说"我想你了"，但她自己却很少会这么说。

不是不喜欢，是故意表现得很酷。虽然还老嫌弃他，但李小森其实很喜欢方希。只是她不敢告诉他，因为会担心，怕他知道之后就不这么珍惜她了。

有时候李小森也会觉得自己有点作，一点点小事也折腾来折腾去的，但恋爱里的女孩子作一点儿好像也正常，反正会有人宠着嘛。

谁不喜欢被宠着呢？

那个午后天气很好，阳光从头顶投下来，周围的迎春花挂在布满绿叶的枝条上。

她拿着手机拍了一张发给他——

"叮！下午两点的长沙。"

过了半个小时，那边有了回复。

"这是两点半的南京。"

后边跟着一张图，周围的建筑有些遮光，天也有点儿灰，但是有太阳。

她看了之后又开始笑。

不是二百一十个小时，也不是五个半小时。是我在这一刻想你了，你在看见之后回复我，三十二分钟。

·叁·

李小森和方希每天的交流，要么是手机，要么是电脑。

她的朋友们偶尔也会疑惑："你们这样是在谈恋爱吗？和人谈还是和这堆数据谈啊？"

李小森嘻嘻笑着："当然是。而且我们超级好的，世界第一好。"

"是吗？"朋友表示怀疑，"你们隔得这么远，不会出现问题？"

"不会的！"李小森信心满满，"我们之间没有问题。"

几句话之后，朋友被李小森堵得长叹一声。

她倒也没有什么坏的心思，就是看李小森每天咧着一口小白牙像个傻子，想要调侃她几句。

李小森也知道，也不在意。

她掏出手机，眉头一拧，但这样子就有点在意了。

FX：叮叮叮！我家小可爱一上午没理我，我要出去撩小姐姐了。

李小森：好的，那我去找小哥哥。

FX：！！！

FX：我错了，我不去了，我就是随便说说的！

李小森对着屏幕冷哼了一声，没有回。那边又刷过来几条，李小森划着屏幕，等了很久，才回复了他的那句"你叫外卖了吗"。

她回的是：叫什么外卖啊，我看看小哥哥就饱了。

FX：……快到清明了，要吃青团哦。

李小森：好的呀，我下班约小哥哥去吃。

FX: 哎哟喂，我我我……我没贼心也没贼胆，我已经很满足了！我下次不开这种玩笑了……

李小森终于满意了：你该睡午觉了。

FX: 不敢睡，我紧张，我怕你捶我。

李小森：我又打不过你。

FX: 不不不，我不打女人的。

李小森：？

FX: 又说错了，我不打你，其他女人可以打！

李小森：？？？

FX: 能……能打吗？

李小森对着手机，一个没忍住，又笑出了声。

随后，她对着手机喃喃："都说不娶何撩嘛，你这个样子，我就当你要娶我了。然后，好好和你在一起。"

刚刚嘟囔完，她很快又捂住嘴巴。现在是公司的午休时间，她不想被人看见自己这个样子，傻乎乎的，跟他似的。

李小森的工作时间弹性很大，可方希不是这样。

他是程序员，还经常出差，忙起来经常连轴转，连睡觉的时间都没有。就像在从前，李小森很惊讶地问他："原来程序员不是光坐着不动，还会去健身的吗？"

他无奈地说："程序员其实也不想坐着不动，是真的没有时间。"

有人说异地恋很辛苦，的确很辛苦。有很多一个拥抱就能解决的小问题，通过通讯工具会被无限放大，解决不好，就会攒成无法解决的大问题。

哪怕双方的表达能力和理解能力再好，但很多时候，语言是表达不了感情的。

手机另一边的方希也同样带着笑。

好在他最近不算忙，还能陪陪她。

就像他对她说的，其实能陪着她就是一件很开心的事。他很喜欢这样陪着她。

· 肆 ·

清闲的时间很快过去，方希终于忙碌起来。

他们单位最近有一个老员工辞职，而原本属于那个老员工的工作，也陆陆续续地都交到了他的手上。在最初的时候，他觉得自己能够处理得当，可身体力行起来，才发现问题这样多、这么复杂，要解决起来这么难。

也许女孩子一旦有了喜欢的人，一旦感觉到了对方的喜欢，就会不自觉变身小公主和嘤嘤怪，恨不得每天黏在一起才好。

方希在焦头烂额之际掏出手机：想你呀，怎么不想你？但是最近很忙，可能没那么多精力，对不起我的小可爱。

李小森：那好吧，你抓紧时间休息，不要太累哦。

方希刚想回复，就被同事叫走。

他把手机揣回了口袋里，屏幕还亮着。

屏幕的另一边有人在等待着什么，可是亮屏时间有限，手机主人很忙，它于是慢慢暗下，自动锁屏。

直到他结束了忙碌。

这个时候已是晚上十点，方希满身疲惫。

他家离公司很远，住公司宿舍又不大方便，但他也只能回宿舍。

回到宿舍，他首先给她回信息：叮叮叮！你的大可爱忽然出现。

李小森：嘟嘟嘟，你的小可爱感觉很委屈。

方希：那我的小可爱怎么了？

李小森：就是，很想你啊。

方希看着那几个字，有些暖。在忙碌的时候有人陪伴的感觉很好，能让疲惫稍微减轻一点。可他不知道，所有的改变，在最开始的时候都是这个样子，像是没有改变，也像是不会发生改变。

然而，随着时间的推移，贴心也会变成猜疑，大方会转化成小气。

更何况她本来就不大成熟，就像他一直认为的那样，她在心理上从来都是一个不管不顾、只希望被好好哄着的小女孩。她没有错，他也没有。

一个人的时间和精力只有这么多。

他在工作上被消磨得太厉害了，哪能在二十四小时之外再抽出多的一个小时专门哄她。

哪怕他还是愿意和喜欢陪她，哪怕他也想她。

方希喜欢出门，喜欢运动，可他现在的运动只能是工作之余的短暂走几步，或者，从公司到宿舍之间的一段步行和踩踩单车。

这样的日子过几天就已经很累，而他连续过了一个月。

这个月里，他和李小森的联系每天都在减少，尤其是昨天，就只有四句而已：

——早安小可爱！

——早呀，我的小哥哥。

——今天很累，晚安啦。

——晚安哦，爱你。

李小森不常对他说"爱你"，可最近说得很多。

他不知道是为什么，也没有精神多想。

只是回首和张望的时候，方希恍然发现，原来自己现在处在迷雾期。他有些慌。

他不浪漫，却也曾经有过想象，是关于概率最小、结局最好的想象。可想象一旦结束，现实就像海上风暴，掀起惊涛骇浪，又把他拉回来。

拍来的海浪里有刺，刺得最疼的那一道，它代表的是九百公里的一段距离。他们的家相隔太远，他们在彼此的地方有自己熟悉的人，而对方所熟悉的路，对于他们而言都很陌生。

现实的因素太多太重，这是感情所不足以支撑的。

所谓迷雾期，其实很简单。

八个字：迷雾重重，不见前路。

那个前路不是工作，它只关乎于李小森。

也不知道巧是不巧，这时候李小森发过来一条信息。

李小森：喂。

方希顿了顿：怎么了？

李小森：我想你了，我今天也喜欢你。

方希微愣，心上的巨石在这一刻越发沉了起来。

他打了几个字又删掉，最后回的，是她想看见的。

他说：我也是。

· 伍 ·

程序很单纯，你输入1，它就不会输出0。

只要按照规律去做，就永远不会出错。

方希习惯这样的思维方式，直接简单也可见，能够把未来都掌握在自己的手里，能够让他不用迟疑地走下去。因为他知道自己会遇见什么，他也知道，自己遇见的那些都能解决。

可生活不是这样，生活里的变故太多，意外也太多。

就像曾经从莫名的地方探了个头，自此宣布入住他生活的李小森，也像是最近莫名变得焦躁起来、患得患失、无缘无故把他所有联系方式都拉黑的李小森。

昨晚上他好像不小心惹李小森生气了，但是太累睡着了没哄，而今天，他从早上起就一直在工作，直到现在，终于有时间看看手机。

QQ、微信、微博，她把他的所有联系方式都删了。

其实不算什么，就算删了，只要他愿意，他就能找到她。

但他早有决定，只是一直犹豫，而现在或许是个契机。

相聚有时，别离有时，当下或许就是别离的那个"有时"。

他没有再找她，照常工作，只是工作之余，他也有些难受。

比被现实的海浪拍回来的时候更难受。

但这是最好的选择，他坚定地认为，不管是对他还是对她，这样都好，比一直拖下去要好。

他不会知道，另一边的李小森在刚刚拉黑他之后就后悔了。其实她不是真的想和他分开，相反，就像是小动物在危急时刻无故冒出来的直觉，她觉得有什么要变了。

于是她焦躁不安，每天在被情绪左右，每天都想证明自己是错的。

她不过是想要他在意她一些，不过是想要他再哄哄她。他很久没有哄过她了。

可是一天一夜，他没找她。相反，在凌晨的时候，他在微博上发了一句话，大意是道别。

李小森很慌很慌。

像熬了一千年似的，终于等不下去了。李小森找回了他的联系方式，又把他加了回来。整整一个中午，他都没有回应，她一遍遍地加，就算他忙，但她不相信他真的看不见。

这样很不体贴，但她等不及了。

刚刚把号码加回来，她就迫不及待问他 我能不能打电话给你？

方希一顿：现在？

李小森：就是现在！

方希不知道自己在想什么，也不知道自己这时候应该说些什么，但他已经打了字，发出去。

——好。

他还是没办法拒绝她的要求，哪怕他心里已经有决定了。

简单的一个"好"字，李小森却觉得自己瞬间活过来了。

于是她猛地从座位上站起来，用最快的速度跑向楼梯口，然后，拨号，等他接听。

可是很过分，李小森所在的办公楼里，手机信号很差，他们什么都听不清。她一楼一楼地跑，努力找着信号，从十几楼下到负一楼，然后电话断了。

她又拨出去，可他压着嗓子。

"不然你先回去上班，我们晚上再说，我们一起加油，好不好？"

李小森忽然就感觉很委屈，委屈得想哭。

她问："那你先告诉我，我们现在还在一起吗？"

"在。"对面停了一下，"在……不在，我其实也不清楚，我们晚上再说，好吗？"

李小森是个死宅，没什么力气，就算有，但今天的份额好像也都在跑楼梯的时候耗完了。

她没有反对，乖乖应了声"好"。

只是，她和他的好，不是一个好。

· 陆 ·

李小森也不知道自己怎么就和方希在一起了

李小森也不知道自己能和方希在一起多久。

但至少现在，她想，哪怕就是奔着分手去的，也还是多在一起一天算一天吧。也许以后会有意外，但现在真的很喜欢。

她真的很喜欢方希，一边明恋一边暗恋的那种喜欢。

可到了晚上，他告诉她，他不喜欢她了。

又或者不是他告诉的她，而是她自己问来的。

会问这个，是因为，在打电话之前，方希给她发了一段话。

方希一直很包容李小森，就算是她的错，是她不对，方希也会说她没有错，也会说，她会那样想，是他没做好，是他该认错。他一直很宠她的，像是永远不会离开那样。

所以，李小森以为，他愿意加回她，他们就算和好了。

更何况，在他说那些之前，她看见他说自己到家了，于是问他：你要先去洗澡吗？

他回：等会儿去。

她问：那你现在，是先陪陪我吗？

他回：对啊，先陪陪你。

她真的以为他们和好了。

但一个笑刚扯出来，她就看见他发来的一段话。

那话很长，字数很多，一看就是早打好了的。

她的笑僵在脸上，一行一行地看下来，最后一句是：真的没有办法了，但就算再继续这样下去，我还是什么也许诺不了你，我也很难受。

既然两个人都难受，既然两个人都还喜欢，那为什么要分开呢？

李小森不解，她给他打电话，这么对他说。而他只是沉默。

她捂住眼睛，眼前一片黑暗，指间却是湿润的。

"那么，别的我都不问了，就一个问题，你告诉我，你还喜欢我吗？"

方希很明显地停了一下，他像是在努力组织言辞。

最后，他说："如果你要这么问，那我只能说不喜欢了。"

李小森抱着一点点的希望："所以这句话的意思是喜欢？"

　　"不是，不喜欢。"

　　她不死心："你真的不喜欢我了吗？"

　　"真的，我不喜欢你了。"

　　"真的？"

　　"真的。"

　　她反反复复问了五分钟，他也耐耐心心答了五分钟。

　　她很希望能等到一个不同的答案，但他固执得要死，出口的话始终没有变过。

　　她忽然有点无力，却还是想再问一遍："我问最后一次，如果你还是不喜欢我，那我就相信你了。"

　　她小心翼翼地问："你真的不喜欢我了？"

　　"是，我真的不喜欢你了。"

　　她愣了很久，忽然觉得手机很重。她起身去关房门，脚也很重。

　　做完这一切，她把手机放在书桌上，开了免提。

　　接着，她趴在桌上，对着手机突兀地笑了："那我相信你了。"

　　"你别这样，别为我难过。"

　　"我喜欢的人不喜欢我，我还不能难过一下了？"她在他面前总是骄纵的，就算说错了什么也不改口，反正他总是宠着她，"你呢，你难受吗？"

　　"我不难受，我有什么可难受的？我又不喜欢你。"

　　这句话，李小森想，如果方希在说的时候没有哽咽，她也就信了。

　　她又想，方希居然是会哭的，真难得。

　　他明明一直很强大的，什么都会、什么都可以，也什么都没关系。

　　双方都沉默了很久，最后，还是方希先开的口。

他说："我知道你能理解，你其实不是拎不清的人，所以我这么和你说。其实说直接一点、说早一点，对我们都好。"

李小森深深吸了口气："我的确是能理解。"

但是方希，你太高估我的承受能力了。

如果有很多条路摆在眼前，方希一定会选看起来最简单、阻碍最小、需要解决的事情最少的那条。

他认为这是一个聪明人的选择。

可在此之外，还有一个因素，不知道他是意识到了还是没意识到。

一个人在一段时间里只能走一条路，你选择了一样东西，就需要放弃另一样东西。而选谁弃谁，就看哪个更加重要。

是的，在理智之外的决定因素，就是相互比较之后，得出来它们分别的重要性。

"其实我有预感的，就算不是昨天我拉黑你，你也该和我说了吧？你不是临时想和我分开，对不对？"

方希没有否认："是，其实我在两个星期前，就有这个决定了。我只是一直没有开口，我不知道该怎么说。"

"那你该和我道歉。"李小森说，"你应该向我道歉。"

"对不起。"

李小森和他说话的时候总喜欢笑，就连现在挂着眼泪也还是在笑："你的确应该和我道歉，但你道歉的点和我想要你道歉的点，不一样。"她说，"你想道歉的是整个过去，可我想要你道歉的，只是这两个星期。"

　　"如果真的像你说的，你在两个星期之前就在考虑和我分开，这次的事情只是一个契机，即便我不说，你也该说了，那为什么这两个星期里你还要骗我。你还说，你要来看我？"李小森一边说，一边情绪激动了起来。

　　她终于忍不住也装不住了，她的哭腔太明显了。

　　她说："你说过会一直喜欢我。"

　　方希却像是平静了下来："这种话每个恋爱里的人都会说，你别信。"

　　"那你说的时候也不认真吗？"

　　"说的时候，我是认真的，我真的以为我可以一直喜欢你。"

　　"这样的话，我不怪你。但你说你要来看我，你也说你知道自己在决定和我分开之后就知道了自己不会再来看我，所以，为什么在已经有了决定之后还要这么说？"

　　方希的声音一直清朗，这时候却变得很沉，很不像他。

　　"我也在想，为什么我在有了决定之后还要这么说，明明我都知道我不会再这么做了。你知道吗？以前我是真的很想去看你，我真的特别想去，甚至我知道自己不会再去了，但我每次说这句话，还是特别想去……"

　　李小森打断了他："不管怎么样，你都骗了我。"

　　她攒着悲伤，控制住自己不要断断续续，完整地对他说："你既然都知道自己不会做，还要这么和我说，那不管是什么原因，你都是在骗我。你知不知道……"

　　李小森努力在平复自己的心情，却一个不小心哽咽出声。

　　她抹了一把脸，深深呼吸，尽量让声音显得平静："你知不知道，如果不能实现，就不要轻易许诺，听的人会当真的。"

她说："我会当真的。"

而他大概觉得不能在这个问题上纠结下去，于是努力地转移话题："其实喜欢不一定要在一起对吧？你看，就像你也追星，你还追了这么多年……"

"这不一样，我没想过要嫁给他。"

方希停了很久。

李小森听见电话的那头有轻微的抽气声，声音的主人像是在隐忍着什么。

"你要这么说，就会很难受，所以别这么说。"

"许你说谎，就不许我说吗？我刚才那句话是骗你的，你不要当真。"

方希没有说什么，只是"嗯"了一句。

"能不能搞清楚，现在是你不喜欢我了，我在纠结、在想挽回。"李小森说，"居然还要我安慰你，过分了啊。"说完自己又笑了笑。

她在安慰他这件事，对她也是一种安慰，让她知道，这段感情里，不是只有她一个人放不下。

呵，男人。

你明明说自己不难过的，现在又一副难过的样子，你说我该相信哪个？

对了，你还说你不喜欢我。

李小森看看时间，是晚上十二点半。

她想起了他的生物钟，问："你不去洗澡吗？明天你好像也还是很忙。"

"等会儿去，我再陪陪你。"

"你是不是知道，从今晚之后，我们再也不能这样说话、说这么多话了？"

"你总是这样，但很多东西其实不用说得那么明白。"

"明明是你先找我要说明白的。"

李小森在心里又加了一句——

就像，最开始明明也是你先喜欢的我。

可是，心里的、嘴上的，说出来的、没说出来的，其实都不重要了。

因为，过了这个晚上，就都过去了。

而他就算说陪陪她，也陪不了多久。

只是一通电话的时间，还是一通有很多话都不能说的电话。

·柒·

李小森和方希的故事终于结束了。

在开始的时候，李小森不知道自己为什么会喜欢方希，是结束时才知道。

他很负责、很好、很体贴，也很温柔。他很会包容她，也会开解她，不论她做什么，他好像都能教教她，他好像是什么都会的。

他的确不浪漫，算得上是钢铁直男，他不懂情话，惹她生气时只会上网找笑话，而且还不好笑。可他也是真的为了她努力在学。她喜欢小惊喜，于是他费心准备，虽然有些话说出来真的很尴尬，虽然他有很多时候对很多事情都意识不到……

但那已经是他在这方面最好的一面。
他总是很宠着她的。

李小森觉得自己没放下。
她知道，方希大概也没有。
但是关于这个故事所有的"如果"，在他那么多句坚决的"不喜欢"之后，也就都不存在了。这个世界很精彩，东西很多，却不完美。
它缺一个"如果"。
就像很多不圆满的故事，也不过就是缺一个如果。

如果那九百公里不存在，如果他能离她近一些，如果他愿意接受，如果她愿意舍弃，如果他能够改变，如果她再体贴些。
如果真的有如果，或许他们有或许。
可惜结局已定，多的都是假想。

但李小森终于知道，自己为什么会喜欢上方希。
她觉得自己喜欢他，喜欢得很好。
就像他，他也很好。

小编有话说：
我曾经问过别人，为什么喜欢不能够在一起呢？喜欢一个人不应该要排除万难走到他身边吗？后来才发现，其实很多时候，爱情败给的不是距离，而是不能实现的承诺。

素子

文 / 野桐

素子想起她这一生，
从头到尾。
"我错了啊，错了啊，
小哥哥，带我走吧。"

· 壹 ·

没有灯，常年失修的巷子黑成一片。

蹇桑小心地避过有水洼的地方，脚上的鞋依然在轻慢的步伐中溅湿了不少。

从四岁开始，她每天都要在这条路上来回两次，保温盒里的饭菜不变，一年四季从头到尾，都只有这清汤寡水的面条。

隔着老远，她听见巷尾那间平矮瓦房里的咒骂声，走近一些，是坐在门槛前拭泪的老人。

泼掉脏水的中年妇人看见她，抖尽水渍："桑姑娘，今天这么早就过来了啊。"跟在身后的小孩拨动着泥土里的蚯蚓，抬头看着她。

"你家老爷子不知道又抽哪门子风，念骂了一下午了，你可别搭理他。"转过身的时候，妇人一脚踢在坐在地上的孩子身上，"还不快进去，小心老疯子连着你一起骂！"

小孩受气，扔掉手里的树枝，冲蹇桑做了个鬼脸，揉着被踢中的屁股就跟着跑了进去。

屋里的声音不停，蹇桑站在院前，心里长吁了一口气，明天开始就不用来了，不来了，再也不来了。

这样的戏码她已经看了十四年，从一开始的争吵，到后面老爷子无休止的咒骂，然后是收拾好饭盒出门前，老人一阵一阵的哭喊声，她已经看够了。

明天是她大学报到的日子，她再也不用提着这保温盒在这条路上来回跑了。

"别哭了，吃完了我还得回去收拾东西。"跨过门槛，她把保温盒放在桌上，早年被柴刀砍坏的印记还在。

她听见身后老人颤颤巍巍起身时踢动木椅的声音。

"你要走了啊，你这走了我以后可怎么办啊？我这条老命怎么就没人来收哦？"

蹇桑最听不得这样的话了，怎么办？当初你就不要嫁，就不要生下我爸，然后还有了我，这是你自己选错的路。

从记事起，家里吵闹的声音就像滔滔洪水一样灌进蹇桑的耳朵，父母的，爷爷奶奶的。摔烂的椅子、打碎的电视机，都像噩梦一样交织在她的童年里。

人生的旅程中，每一步路都是自己走出来的，错的或者对的。只是如果不是自己选择的，晚年时来想，就什么都是不对的。

·贰·

1941 年。

因为饥荒，每家每户都在哀怨声中度过新年。

而桥头王家，一声啼哭，家里本就揭不开的锅因为多了一张嘴，更是一筹莫展。

王当家的本就是搏一搏，如果是个男孩儿，那也没什么大不了的，等过几年能做农活了，就送去离家五公里远的煤窑里还能补贴一些家用。

可不料，家里妻子的肚子不争气，是个女娃。

邻里乡亲的听闻了，最多送来两枚鸡蛋让月子里的女人补补身子，看着被包在破棉被里的女娃，叹息声比比皆是。

"命苦哟，富伢子也才多大，这次生的还是个女娃，老王家命可真不好。"出门前的叹息声听在床上的女人耳里，眼泪簌簌而下。

王当家把锅里仅有的锅巴米饭盛在碗里，再兑点儿借来的盐水，递给身体虚弱的妻子时，才发现床上的人已经没了气息。

棉被里的女娃，正在熟睡中，还不知道她来到这世界的第五天，送走了满含怨恨的母亲。

大了一些，村子里往老王家的接济也越来越拿不出手了，谁家的日子都不好过，谁也可怜这一家老小，可是想着自己家也好不到哪里去的情况，大家像是约定好了似的，都不往桥头走动了。

王当家的自己也知道邻里的好心，察言观色了一番，也明了大家的心思，倒也不埋怨。

只是看着还在背篓里的女娃，止不住地犯愁。

这是素子一生的开始，她坐在小小的背篓里，看着外面穷困潦倒的世界，还有一脸愁容的父亲。

她以为这是战乱背景下的一时苦难，却料不到是她这苦难一生的预言。

· 叁 ·

素子八岁那一年，父亲续了弦。

听说是隔壁村里的寡妇，死去的丈夫给她留下了一大笔钱。

王当家的在丧礼抬棺材那天，接住了哭得要死要活差点儿摔下台阶的寡妇。没多久，媒婆上门，问王大当家的愿不愿意娶一个丧夫两月的女人。

素子从山上挖了不少红薯回来，看着父亲把打好的井水踢洒了一地。

回过头看向她的眼睛里，流动着什么东西，他手握着拳头："明天，明天我就去提亲。"

婚事很简单，来了两三户相近的邻里。

素子一个人坐在里屋，手上是当初包裹着她初生身体的破棉被，上面印着姹紫嫣红的富贵花。她心里喜欢得紧："我有妈妈了，有妈妈了啊。"

除了新妈妈，她还多了个小哥哥。小哥哥早在婚礼当天，就跟在富哥哥屁股后面上山野去了。

后来寡妇妈妈拿着扫帚满田坎追打着新来的小哥哥，素子跟在寡妇后面听着她喊："蒋学贵！你死了爸还不够，还要把自己命搭上去是吧！你是要气死我啊！"

说着说着，寡妇丢掉扫帚坐在地上就开始哭，小哥哥挠了挠头又跑回来。

路过素子时冲她笑，一口白牙晃进素子眼里，连着后来的余生，一并晃进了素子的心里。

"哎呀，你莫哭了嘛。你打吧，你要是解气你就打我吧。"他向地上的女人投降，捡起地上的扫帚，他以为这样做做样子就能让妈消气。

所以在寡妇一把夺过扫帚往他身上打去时，他还是一脸笑意，然后在素子被逗笑的瞬间跳脚地跑开。

家里多了人，屋子里就显得挤。

后来王当家的没有办法，把素子送去了隔了一座山坡的大伯家。

大伯家添了弟弟，赶巧碰上煤窑里缺人，还没有坐满月子的婶娘拖着坐不直的身子非要往煤窑里赶。

王当家的把素子送到门口就要走，素子不依，拉扯着父亲缝缝补补了好几年的破外褂问他："你不要了我吗？等过两年，我也可以去煤窑里的。要是他们嫌弃我力气小，我可以做饭，我不会在家里多吃的，你别不要我。"

她以为家里多了个妈妈日子能好一些，至少有人能关心她吃不吃得饱。

虽然这紧巴巴的日子谁也过不上吃饱穿暖的日子，可是从她生下来，她连一句关心都得不到，有个妈妈该是好的。

然而有钱的寡妇把日子过得比以前还要紧凑，连她上山挖回的红薯，她也只能吃烤煳的那一块，家里的衣服裤子垒成山，让她背着背篓拿去对面的河里洗，冬天的河水把她的手冻裂，鲜血直流。

素子记得父亲和新妈妈唯一一次吵架，是富哥哥结婚的那一天。

没有彩礼，两家人围坐在一起吃了顿饭，谁也不敢想荣华富贵。

新娘的妈妈在临走前拉着女儿的手，流着泪小声地交代："要是吃不饱就回家，我就是挖烂了这地，也能给你挖出根完整的红薯来。"

那本是母亲对女儿的不舍，听在寡妇耳朵里却是嫌弃了。她靠在门栏上，手里拿着藏在厨房里的半根鸡腿："哟！舍不得女儿就不要嫁嘛，富伢子人也没本事，娶个婆娘回来就想着往回跑。"

寡妇的冷言冷语，王当家听了好几年，忍着也就过来了。可是今天不知道怎的，抓着寡妇的头发就往里屋拖。

关门声惊动了院子里的两个哥哥，素子看着默不作声的富哥哥，和力气大得就要把门拍烂的小哥哥。

有妈妈也不好。

· 肆 ·

父亲没有看她，背着身就跑远了。

素子看着不肯慢下脚步的父亲，心里像淌着血似的，一拳一拳地捶打着胸口。

她没有妈妈，连爸爸也不要她了。她这一生，就像隔壁看家的老狗，没用了就得扔掉。

日子还得过。

她背着还在咿呀学语的小弟弟翻过山坡，躲在林子里看着父亲一刀一刀地劈着柴火。

寡妇坐在院前洗衣服，抱怨着动作慢吞吞的父亲和里屋连地都扫不干净的富嫂子。

她困难地起身准备要走了，却又听见一个小小的声音——

"素子。"

说话的人把身子小心藏在她前面的林子里，怕院子里的人回过身就能发现他们。

"你回来了啊。"小小的少年早在男人孤身回来的时候就懂了那个瘦瘦小小的女孩不见了身影的缘由。

"啊，你别跟我爸说。"素子看着面孔黝黑的少年，却画面清晰地想起那个时候他冲她的一笑，"还有你妈。"

　　她认清事实了。

　　她早在乡里那里听来她亲母死前不肯闭上的双眼，那是怨恨和不愤。连她亲生的母亲都是如此对待她来到这个世界，更不要说一个毫无血缘关系的女人。

　　"我不说，你带我去你大伯家吧。"少年伸出手拉她，"我还没去过呢。"

　　素子惊讶得不知所措，她看着一起生活了两年的小哥哥，心里有些没由来的亲近。

　　"你动静小些。"她没有伸出手，可是也没有拒绝他。她小心托了托背上的弟弟，脸上有不自然又惊喜的笑。

　　大伯和婶娘在隔着五公里远的煤窑里做工，一天里都是她和小弟弟两人在家。

　　小小的弟弟还不会说话，她有时候一个人坐在门前就是一整天。

　　有时候她想，父亲会来看看她吧，会来的吧。可是她从天亮坐到天黑也没有等来父亲。

　　倒是寡妇带来的小哥哥，总是过来找她，还会给她带来烤好的红薯和晒得暖和的面粉。

　　素子把白细的面粉抓在手里，一点一点地摩挲着。她想，如果这日子也能一点一点地变得白细，该有多好啊。

　　她没有什么奢望了，她只想父亲哪天也许能想起她，把她带回家，就算不吃不喝，她也愿意了。

　　隔着一个山坡，就像把一个世界生生分开成两半，她连家里那些柴米油盐的小事，都是从小哥哥那里听来的。

寡妇不见了晒好的面粉，怀疑是每日连招呼都不愿意打的富嫂子偷偷藏起来了，在翻箱倒柜后，富哥哥在父亲沉默的目光里，坚持要分家。

谁也没想到生来就跟父亲一样软性子的富哥哥，拉着自己的媳妇儿在隔家三座山的山坡下搭了个木房子，走之前，把素子的破棉被偷偷拿来。

"妹子，我对不住你，我没那个本事让你回家。咱谁也不要回那个家了，那不是咱家，早不是咱家了。"二十出头的男人，忍着泪把棉被铺好，将身上的毛票子塞给素子。

走上山坡的时候回头看她，不小心滑下去，摔断了一条腿。

· 伍 ·

没了一年，父亲来接她。

大伯连中午饭也赶不上吃，就跑回家："阿弟啊，你这是要你嫂了的命啊。你不能带素了走，她这一走，你嫂了得气出病来。"

素子站在两个男人面前，看着他们的拉扯，还在背篓里的小弟弟翻倒背篓爬了出来，她又把他抱了进去。

"哥，这是我的孩子，是我的娃啊！你不能看着富伢子没了一条腿还让我狠心把自己娃丢在外面，我不能没了良心。"王当家的看着素子的动作，越发觉得自己不是东西。

可是他早就没了良心，在把素子推出家门的时候，在他隐忍看着富伢子要分家的时候——他把自己的孩子一个一个往外面推，一个一个变成野孩子。

素子听见父亲的号啕大哭，也跟着哭。

　　她终于等来了啊。

　　寡妇把富哥哥的房间腾给她，桌上的菜她不敢动，寡妇就亲自夹给她。

　　一年没回来的家，其实也不像她在时那般井井有条。

　　小哥哥把寡妇藏在他碗底的荷包蛋偷偷夹给她："快吃，别给看见了。"

　　素子扒拉着碗里的面条，觉得这是十六年里最好吃的一顿饭。她甚至以为是在做梦，往自己手腕上狠狠咬了一口，吃痛，呼了一声。

　　然后听见父亲躲在柴房里发出的呜咽声。

　　还是当年的媒婆。

　　素子躲在屋子里，拿着小哥哥给的石子，一下一下地在墙上刻画着。

　　寡妇拜托村子里唯一上过学的老人教小哥哥读书念字。素子看着小哥哥枕头下被牛皮纸包得好好的书，才知道当年传言寡妇有钱，是真的，只是这些钱都用在了她儿子身上。

　　小哥哥教她写字。

　　一笔一画，方方正正。

　　素子心里欢喜得不得了。看着并肩蹲在一旁的小哥哥，她问他："你不讨厌我吗？你妈妈就不喜欢我。"

　　手里的石子顿在地上。

　　"不啊——"

　　"素子，快出来。"寡妇叫她。

从大伯家回来后，素子清楚地感受到寡妇对她有意无意的讨好，而出门的那一刻，她终于知晓，也明白了父亲执意要带她回家的缘由。

煤窑老板的儿子，丧妻两年了，没有生下一个孩子。

托了好久的关系，才打听到隔了不远的桥头王家，有个刚满十六岁的女娃，八字最合。

媒婆找来时，寡妇开心极了，催促着王当家的就要把素子接回来。

原来，她只是有用了啊。

父亲在院子里站了许久才进门，他也不管素子是不是睡着了，坐在床头，看着年轻的女娃，再次叹气。

素子假装翻身，面对着墙壁，睁开眼睛。

她这短短的十六年，听得最多的就是叹气声，父亲的，邻里的。每一声都压在她的心里，她想视而不见，可是无处遁形。

"娃啊。"他不管素子会不会被他惊醒，他总归是对不起她的，"你爸这辈子没用，你出生就没了娘，后娘对你也不好。你不要怪我，别人都管我叫当家的，可我一个三大五粗的男人，管不了这个家啊。"

"你就嫁了吧，至少不用过这苦日子，还能当个少奶奶。这是一门享清福的婚事，你替自己想想吧，替自己想想吧。"

男人知道素子早就醒了，也许一开始就没有睡着。

他这一辈子没有本事，他不想自己从小便苦难的女儿还要继续磨难一生。

这样的安慰至少能他心里舒服一些。

甚至是素子，在听完这一番话后，心里也生出了同样的想法。

她苦难的一生啊，就此结束了吧，有钱有势才是这个年代唯一的生存啊，嫁了吧，那就这样吧。

她翻回身，心底有个小小的声音叫她——

"素子，不要嫁。"

那不是她的声音。

·陆·

素子坐在井边，看着他们还在屋里吃饭。

小哥哥坐在她跟前，看着她，小心地从兜里摸索着什么。

"素子，跟我走吧。"

少年的眼神里满是恳切，他期盼着她点头。

然后，他郑重地把写着素子名字的牛皮纸递给她。

小小的一块，字却好看。

素子突然想笑，她以为，她以为他会把他妈藏起来的钱偷出来然后带着她远走高飞呢。

多少，她心里有些失望。

她把这短短的前半生放在一个她本就不该信任的男人身上，还一次次傻傻地以为他能想起他那个可怜的女娃。

多愚蠢。

她再也不要过这样的生活了。在她手里握着富哥哥拿给她的毛票子时她就知道，这辈子除了钱，什么都不能信了，连再亲再爱的人都不能信了。

他们随时都能把她丢弃掉，她再也不要被丢弃了。

她看着面容恳切的少年，甜甜一笑："小哥哥。"

那是蒋学贵记了一辈子的笑脸。

"如果你现在拿着的是你亲爹死前留下的钱，我一定会跟你走。"说完，她起身往屋里走去。

"素子，不要嫁！"

他冲着她喊。

素子心里一击，那是跟心底一模一样的声音。

素子以为她这潦草苦困的一生总该有盼头了，可是没有，一点也没有。

嫁的男人比她大了十岁，死了一个妻子。娶来素子的时候，精神上就有了些问题。

没过两年，煤窑塌陷，日子也没有想的那般好了。

生完孩子的第二天，她被丈夫赶下田收麦子。烈日当头，她坐在地上边哭边吃力地挥动着镰刀。

后来，孩子大了，娶了媳妇儿，她每日每夜听见丈夫坐在儿子门前咒骂的声音，气急的时候举起柴刀砍坏了儿媳妇带来的嫁妆——桌子、椅子。

到老了，她也活在丈夫日日不停的咒骂声里。

有一天，疲惫不堪的儿子拉着她问："为什么你要嫁给他呢？为什么你要生下我呢？为什么我要活在你选错的路里呢？"

她哭，哭到没有力气了。她也问自己，为什么当初没有跟着小哥哥走呢？

·柒·

蹇桑把床铺整理好，几十年前的老棉被，上面是已经破烂无数的裂洞。

"早些睡吧，我走了。"

老人看着她，泪水翻涌。她想叫住蹇桑，可是不敢。

她这一生，总是希望谁能来救救她，可是谁能救她？她自己都救不了自己。

费力地躺下，门外的人还在漫骂。

素子想起她这一生，从头到尾。

"我错了啊，错了啊，小哥哥，带我走吧。"

小编有话说：

一生说长不长，说短不短，但要把生活过好，的确是不容易。看到素子的故事，很难过，其实素子做错了什么呢，没有。选择对素子来说是一件奢侈品，而她的选择，是现实。

余生一别

文／森木岛屿

我们最后一次告别，
从此便是一生。

·壹·

"喂，你这次逃出来又是因为什么啊？"

盛淮迈着大长腿匆匆赶过来，也只赶上帮陆凉桉的"生日趴"收尾。他随手将一本包装精致的典藏版英文书推到陆凉桉面前："喏，生日礼物！"

陆凉桉低头扒拉着手机，眼睛有些模糊，胡乱地伸手揉了揉，看着手机上显示火锅外卖订单成功支付的页面，她头也不抬地应着："还能因为什么？他们家那个小女儿太黏人，整天缠着我跟她玩那个破娃娃！"

周围吵吵闹闹的人群里迸发出一阵哄笑。

盛淮也笑："陆凉桉，我来帮你总结下哈！"

"张伯伯家的女儿太黏人，赵叔叔家的狗太吵，苏阿姨家的香水味太浓，李奶奶家的饭菜不好吃……要不，陆凉桉，你考虑下，跟我回家呗？"

一帮人立马凑上来起哄，有人调笑着吹起口哨。

"不去！你们家的……"陆凉桉撑着脑袋想了一下，"你太丑！"

盛淮无比浮夸地捂住心脏，做出极受伤的模样朝后倒去。旁边几个损友看热闹不嫌事大，冲过来顺着盛淮的动作，再往他胸口捶几拳，模仿着他刚才的语气："盛大少，要我来帮你总结下这是你多少次被嫌弃了吗？"

好巧不巧，"噗"的一声，连头顶的吊灯都配合地罢了工。

几个人笑得更厉害了。

陆凉桉看了一眼手机上迟迟没有人接的火锅订单，兴致有些索然，起身打开了手电筒："行了，今天就到这里吧！"

大家也都接连起身，穿了外套扶着喝得七荤八素的同伴往外走。

盛淮还赖在沙发上："陆凉桉，我才刚来好吗，生日蛋糕都还没吃呢！"

陆凉桉毫不留情地踹了他两脚，拽着他往外推："麻溜儿地撤人，我还赶着换灯泡呢！"

"哎，陆……"

"砰"的一声，陆凉桉利落地关了门。

手机亮了一下，但因为打着手电筒的缘故，所以陆凉桉并没有注意到。她晃悠着搬来梯子，像只小猴子一样窸窸窣窣地迅速爬了上去。最近眼睛越发不舒服，她闭了闭眼睛，等好受一点的时候，才开始熟练地换灯泡。

可是，十七岁的小姑娘，身高到底还差那么一点，她踮起脚，颤颤巍巍地站在人字梯上。好不容易摘下旧灯泡，她额头上已经覆了一层细细密密的汗珠，胳膊也已经酸得不行。

新灯泡好半天都没能装到恰当的位置，接触不良的灯管便随着她起伏的动作明明灭灭。陆凉桉有些恼了，胡乱地抹一把汗珠，正打算用一把力气，将灯泡塞进去，门口却突然传来钥匙开锁的声响。

"盛淮，你小子什么时候还学会偷我钥匙——"

"陆凉桉，你的火锅。"

宋衍开了门进来。他戴一副黑框眼镜，穿深蓝色的宽松卫衣和同色系的宽大短裤，露出线条漂亮的小腿肌肉，一只手拎着打包好的火锅，半边耳机从他耳朵上掉落，懒懒地耷拉下来。

　　陆凉桉站在人字梯上愣了神，扒着灯罩的那只手不自觉地用了些力。

　　紧接着，噼里啪啦一阵七零八落的纷乱声响，整个灯罩坠落，溅起一地破碎的玻璃碴。

　　陆凉桉像没察觉一样，站在梯子上冲宋衍傻笑了两下，还不忘理好不平整的衣角。

　　宋衍无奈地别过头，捂了一下脸，然后三两步迈过来，将手上的餐盒放在桌子上，绕过脚下的玻璃碴，站在梯子边，一手拽着她的手腕，另一只手轻轻抵着她的腰际，以一个半抱的姿势将她从人字梯上接下来。

　　"钥匙是你妈妈让张伯伯给我的，你跑回来的事情她已经知道了。"宋衍解释道，"再有不到一个月的时间就要高考，所以她的意思是要你静心备考，接下来的这段时间，你就先住我家，我负责帮你复习……"

　　他身上有淡淡的植物清香，陆凉桉贪婪地嗅着，根本没听进去他说了什么，只是胡乱地点了点头。

　　宋衍察觉，低下头来看她。

　　陆凉桉撞上他的目光，心跳蓦地加速，继而心虚地从他怀里弹开。

　　全然忘记了自己光着的脚丫子，被地上的玻璃碴刺到。尖锐的疼痛从脚底蔓延开来，她不自觉地"嘶"了一声，意识才瞬间清明过来。

　　宋衍皱了皱眉，重新将她捞进怀里，没再留给她挣脱的机会，直直将她拦腰抱起放在沙发上，利落地换了灯泡，又提来医药箱帮她清理伤口。

碘酒涂上去的时候，陆凉桉疼得倒吸一口凉气，却依然扯着嘴巴冲着宋衍乐："宋衍，明明手机上显示外卖没有人接单，你怎么送火锅过来了啊？这算是生日礼物吗？哎，宋衍你还没有祝我生日快乐呢。"

宋衍听着她自顾自唠叨，低头的瞬间嘴角划过一抹几不可见的细微弧度。

· 贰 ·

陆凉桉喜欢宋衍，是全校都知道的秘密，而宋衍性情凉薄，也是众所周知的事情。

除此之外——

陆凉桉父母离异，母亲忙于生意，常年将她寄养在不同朋友或同事家里。陆凉桉每个月都能从父母双方那里各得一笔不菲的生活费，缺少管教又物资富裕，总容易让人联想到纨绔子弟。

而宋衍则刚好相反，他们家的火锅店，最开始还是靠着陆妈妈的帮衬才经营起来的。宋家家教极严，宋衍又考入了当地最有名的F大，这样的情况总让人联想到励志少年。

无论是从家世还是背景来看，陆凉桉与宋衍都不是一个世界里的人。

所以，当宋衍带着陆凉桉住回宋家的时候，传言便也多了起来。

有人说，陆凉桉这姑娘，摆明了要祸害宋家那小子。

也有人说，宋家势利，想发财想疯了才会忙着跟人家套近乎，是为了攀上富贵。

陆凉桉性子烈，每次遇见这么议论的人，不管是同学还是长舌家长，总要上前怼得对方哑口无言才肯罢休。宋衍懒得搭理，每每遇上，都直接捂住陆凉桉的耳朵，拖着她离开。宋家父母开明，也从不计较这些，只叮嘱着陆凉桉好好复习云云。

但宋楚不依。

不过十岁的小丫头，哪里懂得人情，只是觉得自从陆凉桉来了之后，哥哥便被抢去了，再都没有时间陪自己，而爸爸妈妈每次煮了好吃的也都不忘先分陆凉桉一份，再加上旁人的各种说辞，小丫头很快就将陆凉桉当成了眼中钉。

陆凉桉的文具、书本接二连三地凭空消失之后的某一天，她刚从宋衍学校回来，便被堵在了家门口。

"陆凉桉，你别再赖我家里了，我哥不会喜欢你的！"

陆凉桉看着小丫头气鼓鼓的腮帮子，忍不住笑："楚楚，你知道什么是喜欢吗？"

宋楚不接话，只固执地保持着张开双臂的动作挡在门口："我哥早就有喜欢的人了。"

"楚楚，"陆凉桉不打算跟她计较下去，打开手里的包装袋，拿出一盒巧克力，"喏，买给你的。喜不喜欢这种事情以后再讨论，先让姐姐过去，我要回去复习功课啦！"说着她侧身试图从宋楚旁边经过。

视线忽地有些模糊，她脚下一闪，小丫头忽地冲过去，抱着她的手臂张口就咬。

陆凉桉吃痛，却顾及小孩子，强忍着没有动。

"起开！"

手臂上力道一轻，陆凉桉刚抬头，盛淮的指责劈头盖脸落下来："陆凉桉，你有毛病吧？你也不怕被这熊孩子给咬死？"

他骂骂咧咧地推开宋楚，将陆凉桉护在身后："小毛孩，我们凉桉要什么没有？喜欢你哥是他的荣幸，当事人都还没发声，轮得到你来……"

"荣幸之至。"

盛淮话还没说完，宋衍从不远处走过来，手里还提着大袋小袋的食材。

宋楚见宋衍出现，终于"哇"的一声哭出来，还不忘指着陆凉桉，一副自己被欺负了的样子。

陆凉桉动了动嘴唇，刚想解释，宋衍腾出一只手，"啪"地朝宋楚手上拍了下去，声色俱厉："宋楚，撒谎和无理取闹不是你该学的事情。"

小丫头收了泪聚在眼眶里，委屈巴巴地看了看宋衍，默默地挨过他手里的一只袋子拎进去。

"她有蛀牙，以后不要给她吃巧克力了。"宋衍回过头来叮嘱陆凉桉，语气寻常，仿佛刚才并没有发生过什么争执一样，连盛淮看都没看一眼。

难道不是应该护着妹妹然后批评她一顿吗？愣怔之余，陆凉桉又有些雀跃，用力地点点头："嗯。"

她紧跟着宋衍进了门，回头冲着盛淮挥了挥手。

流言里只说对了一半，陆凉桉确实居心不良，死皮赖脸地喜欢上了宋衍，可是，谁又敢确定，宋衍没有喜欢她呢？

陆凉桉盯着宋衍拎在手里的小酥肉、雪花肥牛、金针菇……

这可都是她中午嘴馋说想吃的。

·叁·

高考录取结果出来那天，陆凉桉刚刚配了一副眼镜。她捧着F大的录取短信，傻乐了半天。

高三一年，她的视力也总算没有白白下降。

陆凉桉学文，她的成绩其实算不得差，只是偏科严重，一百五十分的试卷，语文、英语都能拿到一百三十多分，而数学考得最差的一次，却刚够语文成绩的零头。

考前的复习冲刺虽不至于让数学成绩逆袭，但勉强也能拿个及格分，所以，考上F大也并不是太过意外的事情。

可是对于陆凉桉来说不一样啊，那是宋衍在的学校。

当晚的聚会，陆凉桉兴致最高，拎着啤酒跟人对瓶吹。

"凉桉，你真的喜欢宋衍啊？"

C城不大，一点事情便足够成为大家的饭后谈资。数日来，有关于陆凉桉与宋衍的传言也已经换了几番，从最开始陆凉桉祸害宋家的版本换成宋家攀金枝，再到后来说宋衍为陆凉桉与亲妹妹翻脸，到如今又传成陆凉桉为宋衍逆袭成学霸……

听多了传言的同学终于按捺不住，几杯酒下肚后，就想要多问两句："所以，陆凉桉，你跟宋衍在一起了？"

陆凉桉晃着步子，被盛淮一把扶住。她打了个酒嗝，颇自信地笑着说："对啊，我喜欢宋衍，喜欢了三年，还没有在一起，不过也快了。"

"凉桉，我说了你别生气，"人群里，有人小心翼翼地好心提一句，"我有朋友跟宋衍是一个中学的，他说，你别看宋衍对很多女生都还不错，但其实他心里一直有惦记的人。你可以玩玩，但别犯傻，这种人最不值得你掏心掏……"

盛淮瞥了陆凉桉一眼，然后递过一个眼神给还想说下去的女生，对方立马识趣地闭了嘴。

陆凉桉也不恼，将最后半瓶酒一饮而尽，"啪"的一声将酒瓶往桌上一拍："就算他之前有女朋友又怎么样？那都是历史了，宋衍的未来可是我陆凉桉一个人的！"

众人集体沉默三秒。

然后，爆发出一阵更为激烈的起哄声，有人不停地对着旁边吹口哨。

陆凉桉稳住身形，顺着人群的目光看到熟悉的身影。

宋衍正站在十米开外的路灯下。他逆光而立，正朝这个方向看过来，仿佛听到了什么有趣的事情，嘴角噙着淡淡的一抹笑。

他笑起来可真好看啊。

陆凉桉揉了揉眼睛，下意识地将脚往后伸，想藏住自己毫无形象的大凉拖。却不知被谁推了一把，踉跄两步站到前面去了。

算了，反正形象已经不保，索性破罐子破摔吧！

她上前两步："宋衍，我们在一起吧！"

意料之中的事情，宋衍看着她亮晶晶的眼睛笑，心底忽然柔软成一片。末了，他牵住她的手："好。"

她像只得逞的小狐狸，叽叽喳喳、蹦蹦跳跳，兴奋地在他耳边聒噪，看着他慢慢弯了嘴角。

2013 年，夏，高中毕业，陆凉桉成功地"祸害"到宋衍。

后来过去很多年，她才想，那时候他的淡然与她的激动，其实已经形成了那么鲜明的对比。这段感情从一开始，就是不公平的，所以从那时起，在她心里不易察觉的地方，就已经埋下了日后崩离的小小契机吧。

·肆·

宋衍高陆凉桉两届，在她刚刚步入大学校门的时候，宋衍半只脚都已经跨出了校门，可这并不妨碍陆凉桉的热情。

她对宋衍的课表倒背如流，总会挑了没课的日子守在他教室门口等着。给他看自己新买的衣服，或是跟他讨论新看的电影。遇上不那么严苛的老师，她偶尔也会溜进教室陪他上课，他记笔记做练习，她就在旁边翻看杂志漫画。

比起陆凉桉，宋衍要忙得多。

他学医，隔三岔五就要泡在实验室里，好不容易抽出空来的时候，他也会听着她的想法陪她出去玩，还有学校旁边她最爱的那条小吃街，他总愿意陪她一遍又一遍地从头吃到尾，也常常会攒了生活费，准备一些小惊喜给她。

时间久了，班里的同学都知道，常来的戴眼镜的漂亮女生，就是宋衍那个黏人的小女朋友。

陆凉桉也不介意，后来跟一些人混得熟了，帮宋衍带好吃的的时候，她也不吝帮他们带一份。

然后，那些说法就变成了——宋衍有个漂亮、大方又黏人的小女朋友。

陆凉桉不在意，她就是想让全世界都知道，她是宋衍现在的女朋友，以后的妻子。

陆凉桉以为他们会一路顺利地走下去，直到宋衍要出国的消息传来。

"你不知道啊？"学长甲说，"我们与新加坡那边的医院有合作，每年会送三个学生过去进修。"

"是啊，机会很难得，宋衍不可能放弃的。"学姐乙说，"听说他自己偷偷存了好几年的积蓄，就等着这个机会出国呢！"

陆凉桉没有接话。

那天，她没等宋衍从实验室出来，就自己一个人回了家。

拨下那一串几乎快要忘记的电话号码时，她第一次庆幸自己的经济富余，可即便这样，她还是听出了自己声音里的颤抖。

"妈，我想去新加坡。"

只要能保全这场感情，谁先妥协，谁付出多一点，又有什么关系呢？

可是，陆妈妈以一句"你身体不好，不适合去那么远的地方"，坚决否定了她的计划，一点回旋的余地都没有。

陆凉桉觉得可笑，她能跑能跳身强体壮，除了近视以外，健康状况几乎可以打满分。

所以盛淮来找她的时候，她是存了几分希望的。因为自打认识以来，无论她做什么样的决定，盛淮都总是无条件支持她的那一个。

元旦前夕，他们并肩坐在操场上，好半天谁都没有说话。

"凉桉，算了吧。"

有那么一瞬间，陆凉桉觉得自己听错了。

她转过头满脸错愕："为什么啊盛淮？"

"不要自欺欺人了，那些事情你比我清楚得多。"

陆凉桉没有说话了。

那些传言，陆凉桉不是没有听说过：

"宋衍心里记挂着只有自己的小青梅……"

"宋衍一心专攻眼科，积蓄多年出国深造，都是因为他的小青梅曾患严重的眼疾……"

"陆凉桉真蠢啊，不过是寄养在宋家，还真把自己当成宋家的准儿媳了？"

传言本是不可信的，可是——

没有谈过恋爱的宋衍，却总能猜透小女生的种种小心思，情话信手拈来；在陆凉桉来大姨妈的时候，他总会备好暖宝宝、红糖水，而从来不会像那些愣头青一样只会说"多喝热水"；也总会在陆凉桉揉眼睛的时候，习惯性地找准穴位替她按摩……

网上说，一个贴心暖男的所有技能，都是耗费掉一场最刻骨铭心的感情之后才学来的。

陆凉桉不是真的没有察觉，她只是固执地觉得自己会是宋衍唯一的以后。

"聚会那晚，我和宋衍一起去结账，"盛淮说，"他的钱包里，夹着一张小女孩的照片。凉桉，我没告诉你，是以为你玩玩就过去了。"

陆凉桉和盛淮闹翻了。

·伍·

新年之后，宋衍如愿飞往新加坡。

陆凉桉去机场送他的时候，第一次无赖到抱着他不肯撒手。

宋衍笑，然后将一枚戒指套在她手上："凉桉，我很快就会回来的。"

陆凉桉点头，看着宋衍头也不回地消失在安检口。

分隔两地，留下陆凉桉一个人面对周围所有的流言蜚语，宋楚也时不时找上她，各种冷言冷语添油加醋说宋衍在国外的事情。

陆妈妈并不反对他们的事情，只是以过来人的身份劝说："爱情最开始都是热烈动人的模样，经历过时间以后，才会露出原本的真实模样，平淡、猜忌都会让感情不堪一击。我和你爸爸就是最好的例了，凉桉，你不要陷得人深。"

陆凉桉心里的不安一天天地加重。

原来爱是具备自信，也是无限自卑。

陆凉桉从一开始的笃定到最后的动摇，用了两个月时间都不到。

她不敢跟别的男生走得太近，每次视频的时候都会说：宋衍你看，某某送东西给我我都没有收哦！

言下之意明了。

我和别人保持距离，所以你也一定不能和别人靠得近。

每次这个时候，宋衍就会自觉地拎着手机绕屋子一周给陆凉桉检查：你看，我也没有，所以凉桉，你不要担心。

可是宋衍忙得厉害，加上时差，陆凉桉更多的时候接到的是"电话无人接听"的提示音，或者无法接通的视频请求。

找不到安全感是击碎一段感情的原罪。

陆凉桉彻底崩溃的那一次，是宋衍离开的第二年除夕。他们已经有两个月没有任何联系。

陆妈妈因为常年奔波熬夜，胃病已经严重得不行。那天晚上喝了点酒，陆妈妈苦撑着回来陪陆凉桉跨年的时候，忽然捂住胃部倒地，脸色难看得骇人。

打不进急救电话，陆凉桉勉强背着她下楼，在冷风中耗了十几分钟，才好不容易拦住一辆车直奔医院。

那晚，她一个人守在手术室外，浑身冰冷连哭的力气都没有。

等到陆妈妈脱离危险的时候，陆凉桉才打电话给宋衍。

电话接通的那一刻，她终于控制不住大哭："宋衍你能不能回来啊？"

那边电话难得接通，却是没头没脑的一句："凉桉，我爱你。"

然后在粗重的呼吸声中匆匆挂断。陆凉桉再打过去的时候，那边已经无法接通。

在一起这么久，宋衍从来没有开口说过"爱"这个字眼，却在这一晚隔着电话匆匆甩下这一句。陆凉桉对着再也无法接通的电话，脑补了一万种场景。

是敷衍吧？

可她想要的明明不是这样。

她想说宋衍，新年快乐；她想说宋衍，我想你；她想说宋衍，我很害怕。

可是，都不能了。这段感情，从一开始就是她在主动，她用尽全力，他也只是波澜不惊的样子，她越是沉迷越是失去自己。

全国举家团圆的那一晚，陆凉桉却忽地觉得撑不下去了。

她耗尽了一整个青春，自以为坚不可摧的感情，只是在一通无法接通的电话里，就轻易被打击得粉碎。

十二点钟声敲响的时候，她发送最后一条短信：宋衍，我们就到这里吧。

然后，她将手机丢进了旁边的垃圾桶。

·陆·

陆妈妈重病一场，似乎看淡了许多，也总算推掉了生意上的事情，同陆凉桉住在一起，安心养病，定期做检查，回归了平常人的生活。

陆凉桉再见到宋衍的时候，已经是一年之后。

她刚拿了妈妈的体检报告出来，走到门口的时候，瞥到熟悉的身影。

他瘦了不少，眉目却依旧清朗。陆凉桉盯着他紧握身边女孩子手腕的动作，蓦地就笑了。

女孩子像之前传闻里的一样，患有眼疾，几近失明。

陆凉桉直直走到两个人面前，偏了偏脑袋："祝你们重归于好。"

宋衍喉结动了动，欲言又止，然后目光落在她身后。

盛淮从门外匆匆赶过来，神色紧张，直到看到陆凉桉的那一瞬间，才松开紧皱的眉头。

"也祝你们白头偕老。"宋衍说。

从医院出来的时候，陆凉桉抬手摸了摸眼角，厚重的手套上有一小块深色的痕迹。她缓缓地闭上眼睛，用力吸一口气。十二月的冷风灌进她的大衣里，凉意透过胸腔将五脏六腑冻得梆硬，原本已经到眼眶的泪就这么被吹了回去。

她定了定神，快步走到车边："走吧。"

"砰"的一声，车门关上。车子疾驰而去，从车窗里丢出去的一枚戒指，很快湮没在穿梭不息的车流里。

宋衍站在原地看着车子驶离的方向很久很久。

直到身边的女孩儿都没了耐心，她试图动了动手腕："宋医生，你没事吧？"

"没事。"

他回过神来，看着钱包里的照片上那张脸慢慢与离开的那个女孩重合，记忆仍然停留在许多年前的一天。

他那时候刚从一场高烧中恢复，在医院四处晃悠的时候，远远便看到陆爸爸匆匆忙忙背着小凉桉进了眼科。他偷偷摸摸地跟了一路，最后听见医生的诊断结果——"LHON"。

Leber 遗传性视神经病。

虽然最后确定不过是误诊一场，但事后只要再听到陆凉桉眼睛不适，他心里便不自觉地发慌。他费尽全力参与 LHON 的研究，不过是为了成为她最有力的依靠。

可这竟也成为自己一步步推她离开的理由。

陆凉桉不知道的，远不止于此。

还有那晚那通匆匆挂断的电话。

远在异国的宋衍原本要参加一场重要的研究会议，却突发急性阑尾炎，偏偏在半路又遭遇车祸，整个人被困在几近180°平翻的车里，差点没了命。意识丧失前的最后一刻，他还总担心陆凉桉会多想，拼着最后一口气接了电话，说出那句从没说出口的"我爱你"。

可是，爱情敌得过流言蜚语，敌得过异地分隔，却唯独敌不过彼此丧失的信任。

我们最后一次告别，从此便是一生。

小编有话说：

其实爱情最怕的是，互相喜欢却不能在一起。看这个故事的时候，我唯一的想法就是：两个人在一起，感情很重要，彼此信任一样重要。珍惜当下，珍惜每一次遇见。

她是淡淡一抹忧伤

文 / 晚乔

他们遇见得太早，
重逢却太迟，
错过了一辈子。

· 壹 ·

沈风息是个将军，且是个智勇双全、年轻有为，常年驻守在外的将军。

在他回皇城之前，大家对他有着诸多猜测与期待，因此，前来围观的人也特别多。却不想，那些人都是揣着怦怦跳着的心过来，捂着受伤的心肝儿回去的。

显然，这样的男子……任何人在看见他的时候，都是不会将他和"将军"联想在一起。

毕竟，在大家的印象里，将军不说多孔武、多壮实、多叫人心生畏惧瑟瑟发抖……

但至少不该是他这样的。

凉亭里，有谁端坐在内，云纹衣袍，玉带广袖，远远看去，应是一位斯文秀气的公子。而此时，他正拿着两块帕子在比画。

"这两块东西，有区别？"那位公子的眉头微微一皱。

"当然。"一个武将模样的男子站在边上，表情有些扭曲，说出的话却笃定，"将军您看，这块明显就更……英气。"

"哦？"

他将那块"英气"的帕子掂了掂，接着手指一搓，帕子立刻碎成了渣渣。

"既然如此，那我便选这个了。"

沈风息原本生得俊秀，却因少时赶赴沙场，多年戎马为生，如今，已是练就了不怒自威的面容。然而，那份所谓的不怒自威，绝对不包括他现在这模样。

沈风息勾着嘴角，捻着一张粉色绣着水莲的布帕，小指微微翘起，怎么看怎么违和。

他清了清嗓子，故意将声音放得很柔："孟询，你觉得我看起来怎么样？"

"……"

沈风息见他不答，又扭了扭身子："嗯？"

"……很好。"

说是这么说，但说话时候，孟询始终都捂着脸，不忍直视四个字几乎刻在了脑门上。

沈风息有个好底子，所以，即便气质违和、举止怪异，这样的装扮，也还是勉强能看的。只是，这样的大将军，真是太娘了。真的太娘了，还好边疆距离皇城极远，消息传不过去，否则，若要被军中的兄弟们看见或者知道了他这般模样，那怕是要混不下去了。

孟询想到这儿，忽然有点儿担心身为亲信的自己。

他背脊一凉，偷偷瞄过去一眼——

看见了大将军这样的一面，他还能好好活着吗？

相比较于孟询的纠结，沈风息却是一派坦然。

他掸了掸衣袍，将捻手帕的姿势调整得更秀气了一些，又端出一面小镜子理了理头发，随即满意地笑了。

"果真很好。"

这一笑，兴许是觉得有些破功，于是又赶忙拿起帕子掩住嘴。

孟询见状，在边上捂住了胸口。

"你怎么了？"

"胸闷，想吐。"孟询下意识开了口，却又很快补充一句，"多半是热的。"

沈风息似笑非笑地望了眼阴沉沉的天色，没多与他计较。

"唔，既然身子不适，你便回去休息吧。"

"我走了，那将军您……"

他若有所思，良久，轻笑一声。

"上令不可违，我自然还是要去见公主的。"

·贰·

树荫下边，女子半束着发髻，一身水色宫装，眼里是止不住的欢喜。

说起来，她与沈风息，真是许久不见了。

念到那个名字，她唇边的笑意明显更深了些，也生出些自豪感来。经年不见，当年的小哥哥，竟真的成了国家的大英雄。如今的他，不仅可以保护她，也可以保护外边许许多多的人。她的小哥哥，实在是很厉害的。

"公主。"

揪着衣服的手猛地一停，通传的人终于将她的小哥哥引来了。

温媛笑意盈盈，回身，却也就是那一瞬间，笑意僵在了脸上。

"将……将军？"

目之所及，那个描着眉画了唇的男子翩翩行了个礼，声音也柔柔媚媚："臣在。"

温媛又是一蒙。

"……免礼。"

"谢公主。"沈风息掩唇一笑，"不知公主今日唤臣来此，是为何事？"

温媛顿了顿，又顿了顿，接着，她朝着他被画得过分精致的一张脸颤颤地伸手，动作始终缓慢，却在将要触碰到他的时候猛地一扑——

"沈风息，你故意的！"

沈风息眸光一凛，身体先于反应，下意识就要回手，却在她那一声响起的同时生生收回了招式，被她扑倒在地。

两边的宫人皆是反应不及，毕竟这个变故实在超出所有人的预料。于是，当他们回过神来的时候，自家公主已是掐着大将军的脖子在地上晃了起来。

"咳……咳咳……公主这是，是何意？"

沈风息一边被迫前后晃动着，一边给边上的宫人使眼色，死撑了许久，就是不去掰她的手，甚至连碰也不碰她。

然而那些宫人却是左右为难，劝的多，上手的没有。

最后，还是温媛自己停下的。她喘着气，揪住沈风息的衣领，一字一顿："你故意的！"

"公主何意？"

温媛不答，保持着这样的姿势盯了他很久，久到沈风息都有些不耐，想再开口。却是这个时候，温媛又将话重复了一遍。

依然是"你故意的"四个字，语气却不像之前那么强硬，甚至眼底也带上了些水光。这句话来得莫名其妙，没有铺垫也没有前因，或许别人听不懂，他们俩却是心知肚明。

然而，懂不懂是一回事，答不答又是另一回事。

"公主这又是何意？"

温媛咬着嘴唇，望他许久，终于放手。

再次起身的时候，她周身的气势一变，情绪也被敛了下去。

可是，望着缓着呼吸，浅笑向他的温媛，沈风息却觉得比方才更加危险。

"大将军舟车劳顿，前几日才回朝述职，最近想必是累得很，是我疏忽了。"她甜甜对他道，"来人，准备准备，给大将军接风洗尘。"

沈风息连忙道："可这接风宴，在我回朝时候……"

"哦，将军不提，我倒是忘了。这风的确是接过的。"温媛歪了歪头，像是在思考，"那么，便只剩下洗尘了。"

"这……"

沈风息敏锐地感觉到她的意思，心底一惊："公主到底未曾出阁，这样的动作难免不妥，若传出去，恐要辱了公主的名声清誉。"

"我府里这上上下下的嘴巴可是牢得很，只要将军不出去说，谁能辱了我的清誉？"

在来之前，沈风息便知道，自己在她面前，怕是装不下去的。只是，就算知道，也还是想挣扎一下。

他在心底叹了口气，手上却拧起帕子："臣的嘴巴，并不怎么严实……"

"哦？那便再好不过了。"

温媛毫不在意地挥挥手，示意侍从将他带下去。

沈风息刚想再挣扎一会儿，却在这时，听她状似无意地提起：

"再说，我若有名声那种东西，也便不会住在宫外的宅子里了不是？"

沈风息微愣，竟是一时忘记反应。

正是这时，温媛摆摆手："带他下去吧。"

·叁·

当朝统共有十几位公主，但最受宠的，却只有一个温媛。她为什么这般受宠，其中原因，大家心照不宣，却碍于皇上威压，不敢提及，毕竟天家私事不是谁都能议论的。

温媛端着一杯茶，坐在室内，手腕小幅度轻轻晃着。

她母妃去得早，早到在她刚刚出生不久就离开了，所以，她并不知道，传言中那个父君唯一爱过的女人是什么模样。但想必是很好的，不然，他也不至于这样忍着她。

是啊，是忍，不是外家说的什么宠。

思及此，温媛的动作一停，但很快，她又转起手腕来。

凡事都是很怕对比的，倘若当年，她没有遇见沈风息，也许她也会同大家一样，错把天子的容忍当成宠爱。但真心的疼惜和无奈的忍耐，到底不一样的。

"咚"的一声，杯子被放在桌上，茶水溅出来了近一半。温媛面色不变，掏出帕子开始擦手。粉色的锦帕，上边绣着水莲，正是沈风息之前捻着的那一块。

"大将军还没有洗好吗？"

在她问出口的同时，那随侍上前几步，躬身道："似乎早好了，但大将军不肯出来。"

"不出来？"温媛拧着眉头，"你去问问，是不是要本宫亲自去请他。"

事实证明，沈风息是不需要的。

这句话没传过去多久，沈风息便自己过来了，半点儿不磨蹭。

温媛朝他打量几眼："将军这样真是顺眼多了。"

洗掉了原先刻意为之的胡乱捯饬，那被脂粉掩住的杀伐之气便在他眉宇之间显露无遗。

"是吗？"沈风息一撩衣摆坐在另外一侧。

看着他一派熟稔的模样，温媛含笑道："这样才像个将军。"

心知已经瞒不过了，沈风息也倒放开了些。

"那之前呢？"

"像是小倌。"温媛推给他一杯茶，像是没有发现他的异常，仍是那样浅笑着，"你应当听说过的，我最能分辨小倌了。"

沈风息不言不语，只是默默喝了那杯茶。

而温媛见着，像是无趣："大将军和小时候真是越来越不像了。"

"公主也……"他说着，摇摇头，"公主是一点儿没变的。"

"将军还记得我当时的样子？"

沈风息神思恍惚，不觉长叹一声。

自然是记得的。

小时候的温媛灵动可爱、心思澄明，什么都不懂，却什么都好奇。这样的性子，若不是天子包容袒护，她在宫里早就待不下去了。

然而，但凡家世复杂，兄弟姊妹多些，在那个家里，父亲的偏心势必会引来嫉妒。尤其，这是天家，嫉妒不仅会被放大，还会掺杂恶意。

沈风息自祖上就是为天家守江山的，承的是世袭将军，可见有多受圣上信任。所以，即便宫外子弟都受不得宫内太傅亲自教导，他却可以。

当时的沈风息还小，感觉不明显，却也能分辨出来些许。他看得出，那些对她好的人，未必是真好，而那些不愿靠近她的人，却是真的忌惮。

也许是承了祖上这一脉侠义，小小的沈风息，在尚不懂太多礼节世事的时候，便已经守护在小小的温媛身边了。但要问他理由，他却是答不出来的。

小时候答不出，到了现在，依旧是答不出。

"如果将军连那时候的事情都记得，那么，在将军承下将位、赶赴边疆之前，我对将军说过的那些话，将军应当记得更清楚吧？"

沈风息默然，半晌才拍着脑袋笑出声来。

"小时候没什么其他的事，除了读书练武就是玩玩乐乐，其中苦闷少留，记得住的，当然是有趣的事情。可这人越长越大，事情越来越多，尤其是在忙碌时候发生的东西，哪里能够什么都记得呢？"

"是吗？"

温媛继续斟着茶，仿佛之前那几句话只是随口说说，并不在乎他的答案。

"将军忘了，便也算了。"

她这样说，他便随着她的话笑笑附和。

"正是如此。"

温媛摇摇头："你不必这样刻意。倘若你是担心我对你还没有死心，那我现在告诉你，你放心吧，它早就死了，死得透透的。"她转头，对他眨眨眼，"你信不信？"

沈风息不说话。

温媛盯了他的眼睛一会儿，突兀地笑出声来。

"哈，你果然不信。"她耸耸肩，"和从前一样，你骗不过我，我也骗不过你。平了。"

比之温媛的平和无波，沈风息却是装不下去了。

大抵环境对人的影响真是很大的，小时候那样简单直接的孩子，在宫里待久了，也学会了不露声色；而当初事事谨慎的人，在大漠上刀枪来去翻滚许久，也习惯了有话直说。

"公主今日唤臣前来，是为何事？"

温媛的动作一顿："没什么，想你了。"

沈风息明显被这句话噎了一下。

"人生在世，谁也不晓得自己还有几个明天，这面也是见一次少一次的。"她说得自然，"所以，在能见的时候，我想多见见你，这样，不能见的时候，也还有东西可以想。"

沈风息的喉结动了动："公主这话不大吉利。"

"可这是事实啊。"温媛眨眨眼，"你担的这个职位又不比那些日日上朝的，你要浴血杀敌，要奋战无畏，指不定有什么意外呢？"

这一番话比之前的更不吉利，却不知道为什么，叫沈风息安了些心。既然选择了这一条路，他当然什么准备都做好了，并不害怕折在边疆。

"所以啊，那时候我就说了，这有什么好的？还不如……"

"公主。"

沈风息截断她，温媛也就不再继续往下说，她顿了顿，另开一个话头。

"你总是这样，认定了什么就是什么，哪怕前路看不清楚，也要走下去。"她低了眼睛，若有深意，"另一条路，说不定也不错呢？轻松安全，而且我这样喜欢你，势必会对你有求必应。"她说着，抬起眼睛，"我会对你很好的。"

沈风息面色不善，一下站起身来："天色不早，臣要回了。"

温媛顺着他的话音望向外边，果然，那天是要黑了。

"是啊，的确不早了。"

她随他站了起来。

沈风息见状，径自走向门外。在走的时候，他原以为温媛会拦住他的，可她没有。

她只是站在他的身后，望着他离开，一如当初。

也是这个时候，沈风息忽然想起来，从以前到现在，虽然她好像在很多事情上或阻或劝过他，但只要他坚持，她最后都会放手。而那些他应下的事情，大多都是不那么重要的。

走到门口，沈风息鬼使神差地回了头。

她仍站在那儿，却在看见他回头的时候，有些意外。

是了，之前，他从未回过头。

两人相对许久，还是温媛先开的口。

问的却是他不愿答的事。

她问："你还要继续装下去吗？"

沈风息微愣，继而恢复了最初的模样。

他低着眉眼，看似恭顺，嘴里说的话却强硬："虽然瞒不过公主，但能瞒过旁人，也是好的。"

对于温媛，他本来也没指望能瞒得过，只要其他人看不出便好。是啊，只要其他人看不出，那么，他这般模样，便实在不适合当驸马。

身后，温媛轻叹一声——

"随你。"

·肆·

从前的温媛不是这么容易就放弃的人。在沈风息的印象里，她若有什么想做的，哪怕将南墙撞出个印子，也一定要去做，有什么想要的，哪怕追得头破血流，也一定要拿到。比如九岁时候，她追的那只风筝；再比如她十二岁时候，从别人手里抢到的那只蛐蛐。

因此，他怎么也想不通，为什么除却她将他召到她的宅子里的那次，之后，便再没有说过要见他。

沈风息提起酒坛，又给自己灌下一口。

这一口辛辣猛烈，呛得他一下子想起许多与她有关的传言。那些传言多是不好的，不过这样也正常，毕竟皇城与边关离得那样远，坏事才能传千里。

只是，传言里的温媛，与他认识的温媛，实在不一样。

那些故事里，她刁蛮任性，骄奢淫逸，从不讲理，也从不懂事，甚至还曾在大军与陈国相对的危急时刻，跑去小倌馆住了一个半月，日日笙歌，夜夜玩乐。

想到这儿，沈风息心底一阵烦躁，再次提起酒坛。

这一次的酒水没有全倒进他的口里，更多的是洒在了衣服上，濡得那儿一片酒渍。

小倌……

倘若在那儿玩乐的是她，那么当初在他面前那般伤心的又是谁？

沈风息眼睛一花，狠狠闭了一下，也就是这一下子，黑暗之中，他被扯回了许久之前。

那是在她对他表露心意没多久，当时战乱突起，他闻讯立刻自请赶赴前线。当日下朝的路上，他被引入一条小巷，只走了几步，便看见了她。

他从没有见过温媛那样生气的模样。

她脸色发白，牙齿咬得死紧："沈风息，你为了逃避我，竟请愿逃到那么远的地方去吗？"

而他的脸色同是极差："非是为情。"说完，他下定了什么决心似的，"公主，你可知道，我一直不愿应你，是为什么？"他说，"家国大义，社稷千秋，总比儿女情爱要重要得多。我只是在做我认为重要的事情。你明白吗？这才是我的路。"

天家贵女哪里是那么好娶的？若要当驸马，便不能有官职，便再走不了他想要的路。所以，他不能答应，怎么也不能答应。

她木在原地，半晌没有反应。

而他话已出口，不能也无心去改，想了想，觉得说开总比拖着好，于是内心的负罪感少了一些。但眼前到底是自己呵护着长大的人啊。

沈风息放缓了语气："媛儿，我有我的路要走。"

再次听见熟悉的称呼，温媛一颤。

"这有什么？我不在意的。你走你的路，我跟着你一起走你的路，这样不就好了？"

他神色一变："胡闹！"

胡闹。

他们的关系，似乎就是从这两个字开始变僵的。

僵到，明明之前她那样关心她，可在他临走之时，她除了与他重复一遍关于"他的路"的对话之外，便只红着鼻子，说："那若你这么一走，我们是不是就算永别了？"

说完之后，她明显有些后悔，却并不愿意服软，反而又加了一句："若你这次离开，不论日后生死，沈风息，我们便真的永别了。就算这样，你也还要走吗？"

那时候，回答她的不是言语，而是他转身之后的脚步。

步步向前，毫无迟疑。

当时的沈风息是这么想的，他是喜欢她，可若他们在一起，那他这满腔的抱负又该怎么说？她和他的追求，他终究只能选一个。而既然他已经选了仕途，那么，再怎么做也都是亏欠了她，说什么也都像是谎话敷衍。

这么说来，便委实没有什么好再讲的。还不如就此离开，对彼此都好，都能少些负担。

那么，就这样吧。

却不想，当时的"就这样吧"，会让他惦记这么多年，惦记到即便听说了自己此番受召回来，是为了"她的亲事"，即便心底猜测她要对他有什么动作，也还是回来了。情义从来难两全，他身为世袭将军，从来没有选择。

可是，他在没有选择的同时，一直在期待着她用她的小坚持，逼他做出另一个选择。可这样的想法仅仅只能是想想，仅仅只能存在于他的美梦中。

梦醒之后，该如何还是要如何，不能做的，还是不能做。

即便再想拥抱，但她是温媛，他是沈风息，他便只能推开她，佯装从来不觉自己的心意，也催眠自己真的不曾对她动过感情。

虽然，这样的催眠，基本上是没有用的。

感情这一桩事，不论如何欺己逃避，不论如何不愿面对，总有一天，都会知道。即便再不愿意，但他总会知道，自己到底是有多喜欢她。

"喝得这么多？"

他的视线模糊，什么都瞧不清，却偏生在这一片模糊里看见了她。这样不清楚之中的清楚，大概就是梦吧。

一个他从来不敢梦的梦。

沈风息眼睛微微眯着："是你？"

"是我。"

"你怎么来了？"

温媛从他手上接过酒坛："我想你了，来看看你。"

"孟询不拦你？"

她笑着摇头。

沈风息笑笑，果真是梦。孟询武艺高强，又是他亲信，他亲自交代过了，不论是谁，都不能进来这儿。既然如此，那么，即便是她，也应当是进不来的。

迷蒙之中，他没有想到，即便如此，但谁又敢拦公主呢？尤其还是当朝最受宠的一位公主。

"你喝这么多，是不是因为想我？"

沈风息望着云，望着树，望着风，也不知道是在和谁挣扎。温媛也不急，只这么看着他。看了不知多久，才终于听见他败下阵来的一声叹息。

"是。"他说着，一把将她揽入怀中，"我很想你。"

倒在他的怀里，温媛眼带泪光，笑意却深。

她主动将唇送了上去："我知道的。"

须臾，薄云散尽，明月高悬，映亮了一室春色。

· 伍 ·

次日，当沈风息近乎莽撞地闯进温媛的宅子里的时候，也不知道该说是意料之外还是意料之中，他没有受到半分阻拦。可是，一路疾驰，至此，他又忽然停下了。

站在门外，他顿了许久，终究是不知道该不该打开那扇门。

若是开了，他该说什么？该表现出狂喜还是应当愤怒？该庆幸她为他做了选择，还是应该握着拳头觉得她悖了自己的道义？

正是这时，门开了。

温媛依旧是那般模样，一身精致宫装，面上笑意浅浅，好像简单得很，又好像怎么都看不透。

"将军来了？"

沈风息似是没有料到她的反应，只抿着唇，站在原地不说话。

"之前都没怎么注意，将军虽是受召而归，但他们私下却像是有许多传言。本宫忽然有些好奇。"温媛笑意盈盈，"关于将军为什么被忽然召回，他们是怎么说的？"

听见"本宫"二字，他心底一堵。

"无甚，大家只说，我此次回来，和公主的亲事有关。"

"哦？难怪。"她态度自然，"他们的传言，实在简陋。"

他一颗心几乎要跳出来："那么不简陋的说法呢？"

温媛抬头，笑意愈深："将军放心，本宫不是要嫁给你。"

沈风息下意识地握住她的手腕："那你还要嫁给谁？！"

温媛甩了甩，没有甩开，只得保持着这样的姿势，眉头一挑。

她吐出两个字："陈王。"

沈风息一愣。

"此番，父君召大将军回来，的确与本宫亲事有关。可并不是大将军和本宫的亲事。"她笑着，眼底却有几分悲哀，"父君召大将军，是为了让大将军，送本宫去和亲的。"

他嘴唇微颤："为什么？"

"为什么？"温媛重复了一遍，片刻后，摇摇头。

怎么每个人都这么爱问她为什么？

她身边的侍女这么问，她的父君这么问，现在，连他都这么问。

记得当初父君派人前去陈国谈和，对方提出金银之外，还提及和亲。父君久久不能抉择，在那时候，她听闻消息，向父君自请。那时，父君先是问完了这句话，接着踌躇一会儿。

"我不能对不起你母妃。"

"恕儿臣直言，作为一个女子，自己所爱之人自然什么都是好的，既然如此，又有什么不能忍呢？当然，在那些'什么'里边，有一件事除外，那便是相负。所以，父君最对不起母妃的，不是这件事，而是父君娶了那么多后妃。"温媛说着，话锋一转，"不过父君是国君，家事也是国事，自己是奈何不了的。既然如此，母妃就算有什么心思，自然也会谅解。"

"媛儿……"

温媛不等他说完，又带上浅浅笑意："既然母妃连父君娶了旁人都能谅解，自然也能谅解媛儿这一桩了。"

天子凝视她许久，眼底是掩不住的沧桑。

"什么时候，媛儿已经长这么大了？"

"是啊，媛儿长大了，大到可以嫁人了。"温媛笑得很轻，"还望父君成全。"

和亲这件事，是她以近乎逼迫的姿态，将他堵在后殿定下的。

倒也不是毫无好处。

至少，在那之前，她一直以为父君只是忍着她，却没有想讨，她的父君，纵然在外有许多无奈，却仍是这一国的天，若非必要，是不用忍的。于天子而已，那样的忍耐，已经是一定的宠爱了。

可惜，这样的感情，她在那时候才稍敢确定。

刚想到这儿，她的手腕便是一疼。

是他又扣住她，开始追问："为什么？"

"哪有那么多为什么？你是将军，自当保家国，战八方，这是应该的。"她语气淡淡，"而我是公主，干不成什么大事，和亲大概是我唯一能做的，自当不辞。这也是应该的。"

"可……"

"嗯？"

"可你已经是我的人。"

温媛勾唇："那你要娶我吗？"

"我……"沈风息喉头忽然涌上一阵腥甜，他望着眼前的女子，望了半天，忽然一字一顿，"我娶你。"

"哦？"

他单膝跪地："微臣斗胆，望公主成全。"

温媛望着他，望了许久，眼睛都望酸了。

她从前不知他的心意，只以为他的拒绝是不够喜欢她，后来知道了，在察觉到他的抱负和理想的时候。那时，她觉得很欣慰。可再欣慰也比不上如今的欢喜。

原来，她的喜欢并不是一个笑话，她的心上人只是无奈，不曾负她，也许，他的隐忍并不比她少。他真是最最好的人。

"若是叫我回答，我自然是愿意的。"温媛低下头，在他的头上点了两下，"可惜，现在我的回答作不得数了，大将军。"

她想了想："不过有一句话，说出来，你大概能有些安慰。"

她说："我不喜欢你了，早就不喜欢了。"

他微愕，一时失语。

原来，当初分开时候的那句"永别"只是用作挽留的小心机，而现在这一句"我不喜欢你了，早就不喜欢了"，才是真正在与他道永别。

这是第一次，她转身离开他。

温媛不知道他每次转身时候是怎样的心情，只知道，自己并不好受。

转身回屋，关上大门，温媛背着手，长舒一口气。也就是这么一松，眼泪自个儿就掉了下来。

沈风息，我们遇见得那样早，在最好的时候交心熟识，本可以一分一秒都不浪费的。可到底还是错过了。

却有一件事，值得我欣慰。

我说过的，你可以走你的路，我不会妨碍你，若你不喜欢，我可以远远跟着你。你看，我不是随便说说，不是孩子心性，现在，我真的跟着你在走你的路。

当初的你义无反顾，如今的我无法回头。

·陆·

自打护送公主和亲，从陈国回来之后，沈风息便再也见不得落日了。

不止落日，只要是有霞光出现，不论太阳初升还是暮色将临，他都见不得。

因为，只要见到那霞光，他总会想到某一幕——

落日余晖从她身侧偏后的地方照过来，打了睫毛的影子，映在她鼻梁上，除了那些光影，那张脸上别的地方都被晚霞烧得通红。

那一幕，他记得很深。

当日，她就是站在那样一片艳丽的颜色里同他告别的。

那是在陈国的墙脚下，她仰着脸，顾不得梳理也顾不得那些沾在衣上的灰尘，就这么下了马车，想要向前走去。

也就是那时，他忽然失去理智似的，一把扯住她："我们走。"

她回头，面上无波无澜："去哪儿？"

他不回答，只说："我们走。"

她拉下他的手。

"大将军，别胡闹了。"

"胡闹？"他气极反笑，"你当初去小倌馆，一住半月，是为什么？"

她不答，只是那么看着他："你知道了？"

这样的语气……他难道不该知道吗？

彼时他对战陈国失败，命悬一线，她死活要去寻他，但是边疆离皇城这么远，哪是说去就能到的？是以，她在半路就被捉了回来。

可就算被捉，她也用剑抵着自己的脖子不肯回去，接着以绝食威胁天子。当时，她就那么赖在小倌馆里，直到他脱险的消息传来，她才终于喝下一碗粥。

接着，因为极度疲惫，被遣送回宫。

那时，她望着他握住自己的手，忽然笑了。

"我曾期待许久，等你这一句回答，只是自己偶尔想想，都觉得满心欢喜。可是，久了，那颗时时欢喜的心，慢慢也就凉了。我原以为，这辈子都听不见的。"

在听她说这句话的时候，有那么一个瞬间，他当真以为他们可以重新来过。

也忽然想起，她为他做过多少事情。

是了，不论是九岁时候的风筝，还是十二岁时候的蛐蛐，其实都是他想要的。

那只风筝，是他爹爹所扎、娘亲手绘，他在线断之后怔怔地说不能丢，她便帮他追到西宫捡了回来。西宫乃是禁地，她擅自闯入，且是因为那样荒谬的理由，后果自然不轻松。而那只蛐蛐……女孩子家家的，怎么会喜欢那种虫儿？她是因听他念及，才将它抢了过来。

她撞上南墙不回头、她摔得头破血流，都是因为他。

那么，这一次……

"可惜，我们遇见得太早，重逢又太迟，而所有事情，其实都讲究一个正好。"她将手抽了出来，"你和我，从来没有到达过那个正好。"

从小到大，他离开过她无数次，可每一次，都回来了。而她，这是第二次。但不论是上次还是这次，她都走得决绝，说了永别，便是真的永别。

时至今日，连醉酒之时，她也不肯入梦。

沈风息笑着笑着，日头渐沉，他抬眼望去，倏地又哭了。

他也知道男儿有泪不轻弹，他扛过刀枪只身喋血沙场，他什么都知道，什么都经历过。

但那又怎么样呢？

他抹了把脸，发现抹不干净之后，直接把手盖了上去："真是活该啊！"

她说错了，他们不是没到达过那个正好，如果可以，他们一直都是正好。

是他推开了她。

· 尾声 ·

人在垂垂老矣之时，越发易梦少年之事，新梦，却是许久未做了。

梦里不知何年，只晓得，当时少年笑意清浅，少女亦然，他们追逐在一个小山坡上，头上飞着纸鸢，脚下绿草茵茵。忽地，纸鸢坠下，少女飞快跑去捡，捡了许久才回来。

"你摔着了？"望着磕红了额角的少女，少年满脸关切。

"嗯，可疼可疼了。"

"对不起……"

"这有什么对不起的？又不是你绊的我。"少女笑笑，"这个得怪石头呀！"

"对不起。"少年却执意道歉。

少女转了转眼珠："若你真的这样愧疚，以后，你保护我吧？"

少年一愣。

"怎么，不愿意？"

"怎么会不愿意？以后，我保护你！"

拿着纸鸢，少女笑若繁花，轻应一声——

"那便这样说定了。"

小编有话说：

将军为了理想抱负，将儿女情长放在一边，是可敬的。公主为了将军的抱负，默默地跟在他身后，不打扰不阻拦，这也足以看出公主的爱了。只可惜差了那么一点点顺从内心的机会，不然他们也不会因此错过一生。

Chapter4 · 等雨停，等到你

多么幸运，我没有迟到，
所以还能与你相爱。

他人等送伞
我在等雨停

文 / 狸子小姐

"你在等我？"
"没有，我在等雨停。"

· 壹 ·

江南的梅雨，像十八岁的小姑娘，哭得缠缠绵绵、我见犹怜，让人一不小心就会坠落于绵绵细雨中，身体不由得跟着那雨长满了霉，郁郁寡欢起来。

白茶静坐于茶馆，里面的说书人似是在讲着《牡丹亭》，不过她已经没了心思去听，面前的人已经让她霎时失了兴致。

商家提亲的队伍已经在白家大堂。能让白老爷开门放进来的人，自然是合了老爷心意的，只是这商家少爷究竟如何，白茶没有深究，也轮不到她深究。

邻桌几人正在说起最近陇城来的一批外国人，说是租下了城郊方圆十里的地，要办工厂。大家各种猜测用来干什么，但白茶知道，能来陇城，必定是看上了陇城的茶。

据说靠北的茶叶产地，已经全被外国人收购，产出的茶叶占据了岭北大半市场，不过现在还没有几人将这事放在心上，大概觉得外国人也就瞎搞几波，不会对他们有影响。或许，商家大少爷和白家大小姐的婚礼应该更有看点。

一个是拥有陇城最好地势，每年产着陇城最好茶叶的白家；一个是陇城最大的茶商，除了在陇城有茶行外，同时会通过车队，运输到北疆等地。这场婚礼换句话说，不过是两家的一次联姻。

而她居然什么时候沦为了商品，想来也是可笑。

"我想我们这样见面，好过围着一圈长辈自在，你应该也不喜欢盲婚哑嫁吧。"商俞已经观察她半月不止，不过今天倒是第一次主动攀谈。

白茶下意识地皱起眉，打量着他："你若是一句话都不说，我可能会更自在。"

她今天穿的是母亲前几日刚从布庄拿回来的素色袄裙。倒也不是什么特意打扮，不过是看着新衣，拿出来试试罢了，若是知道会在这儿撞见她未来的丈夫，她倒宁愿今天连门都不出。

"我不再说话，就能让我在这儿坐到今日这出戏完？"商俞倒也不介意白茶的疏离，挑了挑眉，自顾自倒了杯茶喝着。不过，这茶似乎并不让他满意。也是，跟白家的春朝前茶比起来，这种茶只能勉强算得上是用粗老叶泡了杯水。

白茶倒是没有他这般挑剔，小口小口地喝着，眼神不移地盯着说书先生，嘴里不甚欢喜地说了句："随你！"

语毕，商俞果真一句话都不说，只是眼神柔柔地看着白茶，小口抿茶，却已经搅得白茶全然没有听书的心思。

"我送你回去。"商俞毕恭毕敬地说着，更多了几分不容拒绝。

"不必，喝不惯这茶馆的茶，自然也不会喜欢在这儿逗留的女子，商少爷又何须继续假意客套。"白茶毫不留情地说出心里所想，不慌不忙地移步到方才的说书人跟前，微微欠身，"先生今日这出倒是说得传神。"

"白小姐今日的心并不在老生这儿，也就不必来客套了。"说书人微微行礼，态度谨慎疏远。

白茶瞪了一眼正朝这边看的商俞，羞愧地微微一笑："倒是让先生看出来了。"说着从一旁丫鬟手里拿过早就备好的伞，"外面这雨一时半会儿也停不了，白茶就用这来赔罪吧。"

说书人倒也不介意，收下白茶手上的伞，收拾着东西离开。

见白茶要走，商俞快步跟上来，一路跟着白茶回到白家。临近白家时，白茶不耐烦地冲他道："你这人倒是烦得很，没来由地跟着有何意思？"

"就当是我不放心你独自回家。"商俞并不闪躲，一板一眼地说着。

白茶不屑地冷哼一声："倒是你，怪让人不放心。"

跟着白茶一天的丫鬟，在她回到闺房后，才好奇地问："商少爷可是小姐未来的夫婿，小姐为何这般冷漠？"

"你若是欢喜，倒是可以往上贴着去。"白茶不满地扫了她一眼。

那丫鬟便也只敢怯生生地闭上嘴："小的不敢。"

白茶对人向来冷淡，如此对商俞倒也没有什么奇怪之处，丫鬟也只是觉得不放心，才提点几句，平日里也不见白茶会这么大火气。

· 贰 ·

商白两家的婚礼，着实显得有些仓促，像是恨不得现在立马结为亲家，就可放下心来般。

不过白茶倒是没把这当回事，得了空便往私塾跑，去那里看书，偶尔还会抄上几本带回家去。这儿的先生就是那日的说书人，在白茶小时候，上门教过她识字，自然也不会说些什么。

"以为躲在我这儿，就不用嫁了？"说书人中午下学，便来书院看看，也是提醒白茶该吃中饭了。

明明是大家都在忙的日子，她却悠闲到全然不像一个待嫁少女，手上居然还拿着不知从哪儿翻出的旧书，重新抄阅。

"既然已经要嫁了，那嫁之前的日子，总得由我自个儿来说吧。"白茶手不停歇地抄着诗句，

如此，说书人也就不便再多说什么，只是提醒白茶该用中饭，然后又自个儿退了出去。

商俞能找来这儿，白茶倒也没有多少惊讶。

"听父亲说现在出了陇城外，很多地方都有女学生了？"

陇城虽说是城，其实不过是山野乡坳的一处产茶之地，虽不至于穷困潦倒，却也比不上外面那些大城市。

"你想去？"在商家打算和白家联姻前，商俞才从外边回来，在此之前，一直在外面的学堂念书，"倒是可以和父亲说说。"

"不必了。"白茶眼里的欣喜一闪而过，似是还没燃起的小火苗被瞬间掐灭。

商白两家的婚礼，在大半月后。陇城已经好些年没这么热闹过。那日，敲锣打鼓声传遍陇城，光商家过来迎亲的排场放眼陇城就是没人比得起。都说白家这门亲结得好，白茶倒不觉得有什么，毕竟她家流出去的嫁妆也不少。

那一日，除却她，好像所有人都在忙。照着流程拜完堂，她便待在新房内，端正地坐在窗前。被盖头盖住的脸上，一如往日，虽是笑着，却觉不着欢喜。

商俞归来已是深夜，桌上是他先前差人送过来的吃食。丫鬟说，

商家大少爷倒是会体贴人。她没回答，一直等到商俞回来，才微微开口，说了句，多谢。

"如今你我，谈不上谢。"若不是硬撑着，现在的他恐怕连站着进这扇门都难。许是不想失礼，遂不再多言，因为头疼，困倦地往床上一躺，便再无声响。

白茶无奈地摇了摇头。院子已经静了下来，这么一天到底不是轻松活儿，没几人能熬得住，如今看来，也就只能自己去烧热水。

她倒是不介意，虽说在家哪轮得到她做事，可并不表示她做不得，何况还是为了自家丈夫，怎么也算合情合理。

烧好水，冲了杯浓茶，将他叫醒，将那杯泡好的浓茶递过去："喝了，明日起来会好些，还有些水，可以洗个脸。"

商俞的目光扫过白茶并无表情的脸，接过她递来的茶，一饮而尽，自己起身去洗脸，顺便脱了身上那件满是酒气的喜服。

待他回头时，白茶已经睡下，面朝着里面，留给他一个背影。

· 叁 ·

商白联姻，看似强强联手，不过只有他们知道，这可能是商家为了守住最后一块市场，而不得不做的决定。

即便是白茶没有答应，可商俞还是在陇城的邻城给白茶报了一处女校。倒不是嫌弃白茶的学识，而是白茶十七岁嫁给他一个大她整整八岁的人，他多少觉得有些过意不去。何况他若不是为了商家，又怎会甘愿娶她。

很快，白茶便被送到了女校学习，跟着她们一起从识字开始，一直到学诗词，学绘画。她就像是养在商家的女儿，照样可以随着心做事。

商俞会在偶尔得空的时候，会去邻城看她，带着她在邻城转转，但是不会逗留很久，何况白茶课程很满，也寻不到多余的时间。

遇见丽枝，是被相识同学硬拉着去参加酒会。

大家都知道白茶已有婚约，更详细的白茶从来不说。商俞在来这儿的第一天就叮嘱过，不必和别人说太多家里的事。白茶虽不懂，却也依言不语。

丽枝第一眼就看见了白茶，那像是白茶花一样，坐在一旁看着大家都在跳舞，却只是安静喝果汁的女孩。

"一个人？"正当白茶无聊地东张西望时，丽枝恰如其分地出现。

和在座所有女子都不一样，丽枝一头烫卷的时新头发，一身艳丽的旗袍将她的身材勾勒得恰到好处，脸上化着当下最流行的妆容，不管怎么看都是充满诱惑的。

"嗯。"白茶微微点了点头，为自己方才直视的失礼感到不好意思。

"不喜欢跳舞吗？"

丽枝微微地笑着，像是有意讨好一般的。

白茶浅笑："我不会跳舞。"

丽枝点了点头，没再白茶身边停留多久，便被刚过来的男士拖去跳舞去了。白茶觉得无聊，便寻了个理由离开。回了学校，她当然也没空注意，正在舞池的丽枝看着她离开，眉头微皱，若有所思。

再次见到丽枝，是在商家的家宴上。那日正好是商家夫人的生辰，作为媳妇，自然也没有不去的道理。礼物是商俞早就挑好的，只待她递过去便是。

这些方面，商俞总是处理得很是妥帖，全然不必她来费心。

待所有人都坐下之后，丽枝从门外进来正厅，对着商夫人微微示意了一下，随即将自己手上早就准备好的礼物递给了商夫人。那是洋商店刚摆上来的新款香水，前几天白茶听同学说起过。

看得出来，相较于白茶送上去的那个，商夫人更喜欢这时新的玩意儿，虽然面上没有表现出来，却还是招呼着给添了椅子和碗筷。

丽枝并没有对白茶表现得过于热情，好像两人就是第一次见面。反倒是一旁商俞的神情，一点不差地落在白茶眼里，就算是再傻，也能看得出两人之间是有事情的。

有些事情，是不需要仔细打听，自然会有人捎到耳边来的。

跟着白茶一块嫁过来的丫鬟，在第二天，就火急火燎地跑进房来跟白茶说："小姐怕是不知道吧，自从你去了邻城后，那个丽枝就常常过来，不然就是去茶行找姑爷。听说她好像和姑爷是同学，和姑爷关系甚好。"

看着丫鬟愤愤不平的样子，白茶倒是不介意，漫不经心地问："觉得白家怎么样？"

"小的不懂小姐说什么。"

"我以后上学的时间，你就回白家，商家用不着你。"白茶半点不像开玩笑，丫鬟自然也就不敢多问，只得应了去。

·肆·

商俞近来不知道是不是被什么事情绊住了脚，来看白茶的次数日渐变少，倒是被遣回白家的丫鬟经常过来。

"小姐，老爷近来好像被什么事情烦住了，一连好几天将自己关在书房。"丫鬟担忧地说着，小小的眉头紧紧地皱在一起。

"商俞可曾上门找过？"白茶慢悠悠地问。

丫鬟摇头："姑爷不曾，倒是丽枝，找过老爷几回。"

白茶思虑了一会儿："知道了，今日晚了，明天你再回陇城吧。"

"小姐也真是，住在这儿，也不找个人来照顾你。"丫鬟跟着白茶去了住所，担忧地抱怨着。

白茶倒是不觉得有什么，她是来求学，又不是来度假的。

私塾的学生现在还都是小屁孩，看见白茶来，立即礼貌地叫她白姐姐。倒是有几个机灵的，板着脸反驳，说应该叫商姐姐，因为她已经嫁到了商家。白茶倒也不介意，由着他们在那儿争辩。

"先生。"白茶毕恭毕敬地鞠了个礼。

说书人倒是忍不住打趣："出去学了几天，虚礼倒是学了不少。"

"先生若是不喜欢，那下次不做便是，到时可别抱怨我不懂礼数。"白茶含着笑打着趣，却在进门后的一瞬间，换了个脸色，"为何这么着急叫我回来？"

经常在茶馆说书，要听到什么，自然一字不落都能听到，倒是看他愿不愿意听。既然叫她回来，必然是有话要与她说。

"工厂建成，茶也生产出来，倒是忽然想喝你家的春朝前茶。"

白茶微皱着眉，不理解他为什么会这么说。虽说白家的春朝前茶放在百年前，自然是名贵的，可后来因为进贡的茶换了，这春朝前茶也就只有白家人自己做上几罐尝尝，倒没人再提起过。

白茶再问，说书人已经闭口不说了，白茶只得微微欠身："多谢先生提点。"

白茶一打听才知道，外国人将今年的夏茶以高出父亲不少的价格给全定了去。这对白家倒是造不成多大打击，毕竟自家还有茶园，但对商家来说，却是不小的打击。

毕竟这批夏茶一产出来，运往和商家同样的地方，却用着更便宜的价格。像商家这种纯手工制茶的，在这样的战争中，只亏不赚。

可关于商场上的事，商俞从来不说，她也就没有心思去问，于是就这么耽搁着。

"遇到难事了？"这晚，白茶一直等到半夜，才见商俞从茶行回来，眉头紧皱着，一看就是被什么事情给难住了。

商俞摇了摇头，伸手摸了摸白茶的头："不碍事。"和白茶的关系一直都是这么清清淡淡，但是这种事情能够等到半夜来问他，足以说明她的心思。

"父亲脱手将茶行都交于你，切不可心急。不过，若是需要，我也可以帮忙。"白茶也不执着，却表明自己的决定，在末尾却忍不住酸道，"不过你应该不需要。"

商俞笑了笑："不要多想，丽枝只是我的同学。"

白茶挑了挑眉："我又没说她。"

·伍·

白家后山着火，事发突然，没有任何预兆。虽说现在正好是过不久准备秋茶的时候，天气固然干燥，但是对于朝阴面的茶园，也不至于起火。

这样一来，白家今年的秋茶是没了收成，甚至连着明年的春茶都一并没了。对于白家来说，确实是个不小的打击，但这也表示去年放了一年发酵，时间控制刚刚好的春朝前茶明年势必抬价。

白茶回了一趟白家，一进门就看见一个略微眼熟的外国人。如果她没有记错的话，这个人，就是当时和丽枝跳过舞的男人。

虽然父亲并没给他什么好脸色，不过那人似乎并不介意，聊表着关切后，浅笑着离开。不知为何，白茶从中似乎读到了窃喜的意思。

"父亲，明年的茶园……"白茶小心翼翼地问。

"商家那边不是已经打算好了吗！"白父好像有些头疼地捏了捏眉头，没有心思说这些事情。

白茶笑嘻嘻地过去替父亲捏肩："春朝前茶的工序，交与我吧？"

和外国人的战争果然在不久后就开始。先是白家收不到新茶，随即便是商家收不到成品茶，紧接着，明明已经和商家达成协议的商人，忽然改变主意，要了外国人更为便宜的货。

这样一来，商家的茶自然也就卖不出去。这一时半会儿倒不是什么难事，可长久下来，必然亏损。

白茶寻了个理由休学回了商家。这种时候，她自然也没有上学的心思。

　　"还是没有变化？"白茶躺在茶行的躺椅上，看着从外面带回来的时新的诗集，似是在琢磨，又像是在装模作样。

　　"你要是闲这里闷，倒是可以回家？"商俞将算盘敲得咔咔直响，却还是分神看了眼白茶。

　　白茶也不介意，慢悠悠地说："我这不是得看着，万一那天商家亏起来，我还能第一个卷着包袱回娘家啊。"

　　商俞倒也不恼怒："商家就算不做茶生意，也不至于养不起你。"

　　"那哪料得到。"白茶用书挡着照过来的光，闭着眼睡了起来。

　　和外国人之间的那些事情，不久便在陇城传遍了，一个个都在猜测商家会不会直接被外国人占领市场，从而战败，到时候陇城也会成为岭北各城，只能喝着外国人工厂里生产出来的工业茶。

　　对于这些事，白茶也就随着性子听听，倒也不放在心上。

　　商俞说他下个月会亲自去一趟北疆。

　　北疆距离陇城至少有半月路程，他这一去，恐怕要到年关才能回来。

　　白茶面上虽然还是一副毫不在乎的样子，可到底也还是担忧。被外国人用工厂生产出来的便宜茶，自然在市场上占有优势，何况成本低，价格低，里面的盈率也要比纯手工茶高很多。

　　"准备好了吗？"在送商俞时，白茶还是忍不住问道。

　　商俞抚慰地替她将落下的发丝别在耳后："你还小，做那些已经够了，接下来的就交给我吧。"

　　白茶点了点头，郑重地道了句："再见。"

　　"等我回来。"

他人等送伞，
我在等雨停

几乎所有人都知道，商俞这一去，是带着商家所有希望而去的。如果商俞这一仗上没有打赢，那么陇城的茶业也将没有翻身之地。这一仗，商家输不起。

白茶倒是在商俞离开后，像是更加悠闲。学校那边已经下学，待在商家每天除了看书，就是看书。偶尔丫鬟会在旁边绣东西，白茶看书厌了，也会学上几笔。

没有人知道商俞那边的情况，丽枝倒是往商家跑过几回，偶尔会和白茶喝上杯茶，聊一聊外边城里的新鲜事。两人似乎并没有什么隔阂，还聊得挺开心。

商俞回来已经是在两个月后。原以为卖不出去的一车茶叶，最后竟然还带着几批订单回来。虽说对于外国人的工业茶没有造成多大打击，却也还是为商家在茶业市场找到了立根之本。

他没有立即回商家，而是直接去找了丽枝后，再回的商家。

白茶听着丫鬟愤愤不平的念叨声，却一点也不心急。她知道商俞今晚一定会回来，倒也用不着那小丫头担心。

外面缠缠绵绵下着寒雨，虽然不大，却下一分冷一分，着实难受。

白茶将房间的窗户大开着，像是故意要受着这冷风似的，看着院子里含苞待放的红梅。

"你在等我？"夜已深了，若不是外面亮着的灯，恐怕是什么都看不清。

白茶回头看了他一眼："没有，我在等雨停。"

商俞倒也不计较，顺势在白茶边上坐下，陪着她一块等雨停。

不过这冬天的雨，可不是说停就能停的，白茶被他这样一闹，反倒没了兴致："想说休了我之类的话，也用不着给这最后的温情。"

这场婚姻，在一开始就只是一场交易，白家靠着商家，再次将春朝前茶发扬出来，而商家靠着春朝前茶，在外国人的便宜工业茶占据属于商家的市场。

一切的始末，白茶清楚，商俞也清楚，自然也在一开始就做好了准备。

商俞起身给白茶泡了一杯春朝前茶，递到她面前："丽枝只是朋友，我一早就说过的。"

白茶错愕地抬起头，盯着商俞，揣测着他话里的意思。

"莫非，你已心仪他人？"商俞看着她的眼神忽然变得严肃，"那样的话，就把心收回来吧。"

这么明显的意思，白茶又怎么会不明白。只是，她以为的一场交易，怎么会忽然变了呢？

"你在说什么？"白茶疑惑。

商俞从后面环住白茶："我是答应父亲为了商家结婚，却并没说，我的妻了，不合我意。"

白茶低头看着横在胸前的手，低着头轻笑一声，选择不言。

商俞感受着白茶胸口的起伏，自然也猜到她的想法，心里暗暗地高兴。商家少赚了百分之五的利润，换一个称心如意的妻子，有何不可？

"所以你真的给了丽枝每年百分之五的利润？"白茶知道真相，遗憾地追问。

商俞安慰地将白茶揽在怀里："她也有投资。何况那批商家名单，还是她从外国人那儿偷来的。"

"那我们白家做了那么多，怎么什么都没分得？"

商俞刮了刮白茶的鼻子："你们白家，有我。"

"谁稀罕啊！"

"我稀罕。"

商俞将白茶搂得更紧，恨不得将他的小妻子嵌入身体，好好疼着爱着。虽说一开始他也没料到会变成这样，不过这样又何尝不好呢。

窗外的阳光透过窗檐洒进来，正巧照在白茶刚刚画完的画上，去邻城学了那么久，什么都没学会，这画画倒是精进了不少。

看来什么时候，应该让这丫头给自己画上一幅了。

小编有话说：

很喜欢这样带着江南调调的文，感觉像春风拂过一样，很舒服很平和。喜欢白茶这样不骄不躁的性子，当然，有时候也会吃点小醋。爱情其实是个很神奇的东西，不知不觉就能让两颗心慢慢靠近。既然你在等雨停，那我就陪着你一起等吧。

吃关东煮的
小美人鱼

文／姜辜

王子从来都不是什么好东西，
走吧，小美人鱼，
我请你去吃关东煮。

·壹·

【一分钟和三十秒】

老实说，我觉得徐樛樛很奇怪。

名字什么的就不必说了，我跟徐樛樛从初一开始就是同班同学，但一直到现在，我也还是会把"樛樛"这两个字念成"谬谬"或者"球球"之类的发音。要是用写的，那就更困难了，我永远都猜不准最后那几撇到底是三还是四。

于是我妈那句怎么说也说不腻的话就再一次有了登场的机会。她说，我就是那种光长个子不长脑子的典型存在。但这话，一半一半吧，毕竟不管怎么着，长个子对男孩子来说都是一件开心的事。我也认真地想过了，就算有朝一日这个世界因为人类的愚蠢而面临毁灭，那我也宁愿做一个没脑子的一米八，而不是一个聪明的一米六。至于我和徐樛樛，单纯的不熟罢了。

从初一到高三，快六年了吧，我对她的认知，仅仅停留于"好学生"这三个字上面。

而我开始觉得她奇怪，是在一分钟之前。

学校打铃的时间比我手表上的秒钟要慢上半圈，所以趁着这三十秒的空当，我能做很多事情，比如说，左手拿着矿泉水右手抱着篮球不慌不忙地晃进教室。

虽然我的成绩不怎么样，对念书这件事也提不起大兴趣，但老师还是很慈悲地没有把我安排在角落里和饮水机做伴。我的位置在第五排倒数第二个，我要回到那儿，就必须经过现在围成一团正叽叽喳喳聊着天的女孩子们。

我咂咂嘴，也不知道她们哪来那么多话要讲，明明每天都在见面，日子也总是在重复着过。

"洗面奶是不可能祛痘祛斑的，它只能起到一个基本的清洁作用，洗完之后你觉得不干不油就可以了。"虽然徐樛樛被掩在人群中，但我认得她的声音。没意思，我又给自己灌了一大口矿泉水，原来好学生跟朋友进行普通聊天时的音调也像是在催收作业本。

"我换过好几种了，最好用的还是那个牌子。对了，还有水乳你们也要记得……"

等等——在那口带着些许凉气的矿泉水一路冲进我胃里的时候，我突然反应过来了。

徐樛樛为什么会站在这儿以自身为例子讨论起洗面奶这种东西？虽然她是女孩子，可她作为一个雷打不动的好学生，难道不应该聊一些三角函数、星标课文或者是动词形态之类的吗？

"常凌霄！赶紧回座位上去，铃都打完两遍了，你还傻站在那儿干什么？"

随着班主任的出现，我才后知后觉地发现原来我多出来的三十秒已经用完了，同时，我还非常碍事地挡住了徐樛樛的路。她说着麻烦借过的声音非常小，但不可避免的是，我们对视了。

六年了，这是我和徐樛樛第一次，靠得这么近。

齐刘海儿还是那么厚重，黑框眼镜也还是像个酒瓶底儿，但这次不一样，这一次我竟然透过这些表面的东西发现了其实徐樛樛长得并不丑的事实——行吧，虽然和我兄弟暗恋的那个班花没得比，但至少徐樛樛的皮肤很好，在我看来，跟电视里那些擦了粉的女明星没有区别。

可以说，在这一刻，我对徐樛樛的认知进行了一次质的飞跃，但她却好像还是老样子，匆匆地看了我一眼之后，就小跑着回到了自己的座位上。于是我又很傻地站在原地愣了愣，因为在她推着眼镜埋下头的那瞬间，她的鼻尖好像蹭到了我夏季校服上的纽扣。痒痒的。奇怪。

·贰·
【原来奇怪的好学生那么难对付】

放学后，我一反常态地拒绝了哥们的各种邀请，抓着空荡荡的书包就跟着徐樛樛出了校门。

不是我今天不想去学校后街上网、吃冰花、打台球，也不是我对徐樛樛突然就安了什么不可言说的心思，我跟着她的原因其实非常简单，就想请她帮我一个忙而已，还是很小的那种。

进入高三之后，我们班换了一个数学老师，好巧不巧，是我爷爷当年的学生，而他昨天在自我介绍之后估计觉得场子有些冷，便突发奇想地问了问担任数学课代表的徐樛樛关于前任老师留下来的暑假作业的情况——当然，用脚趾想也知道，我一张卷子也没做。

我这个人虽然打架可以输，游戏团战也可以死，就唯独有点遭不住我爷爷那软硬不吃的臭脾气。所以不管怎么着，我都得试试让徐樛樛别把我的名字给报上去——尽管我们不熟。

"常凌霄，你到底打算跟着我到什么时候？"

不得不说，徐樛樛这突然的一嗓子的确吓到了躲在角落的我。而她倒是若无其事地摸了摸正蹭着她白色帆布鞋的小流浪猫，又将手中的猫粮往地上撒得多一些之后才面朝着我站起来。橙红色的夕阳和波光粼粼的护城河统统倒在她的背后，我们俩的影子都被拉得老长。

"这都是我喂的第六只流浪猫了。"徐樛樛直直地看着我，镜片像是在发光。

行吧，我有些尴尬地摸了摸自己的鼻子，原来早被她发现了。

"你找我有事吗？"标准的询问口气。我甚至都能想象到徐樛樛在办公室里面对老师时的口气了——当然，好学生如她，肯定会把刚才那个"你"换成"您"。

莫名其妙地，我就被自己脑子里乱七八糟的联想给逗笑了。

于是我一边点头一边朝着徐樛樛走近，顺道也把自己要说的事情给交代了清楚。

"这个……"

不出意料，我看到了徐樛樛略微为难的表情。

也对，就算她今天课间和女同学们很起劲地讨论着洗面奶，那也只能证明徐樛樛就是一个用洗面奶的好学生而已，帮着坏学生欺瞒新来的老师这种事，想必她是不愿意的。

"其实不告诉老师也不是不可以。"正当我准备挥手走人时，徐樛樛却大大方方地咧着嘴冲我笑了一下，"但是作为交换条件，你也得帮我一个忙。"

我有些意外地愣在了原地，一是意外这么多年下来我竟然从没发现徐樛樛有两颗非常明显的小虎牙，二是意外原来所谓的好学生竟是这么难对付的一个存在——这是要跟我等价交换？

"我们话剧社最近排演的剧缺了一个重要角色，常凌霄，要不你来吧？"

·叁·
【愚蠢的主角和无聊的配角】

要不你来吧？

来什么来，来个屁啊。

我坐在话剧社的专用休息室里将一沓不厚不薄的剧本翻得哗哗作响——故意的，就是为了表达出我性格不大好并且心情也不大好，所以希望迎上几个高二的学妹能立刻终止她们捂着嘴偷看我的动作。但是话又说回来，让一个一米八的男生出演坏心肠女巫这种事，其实放哪儿都是一个不大不小的笑话——当然了，我的意思是，如果这个倒霉的一米八的男生不是我的话。

徐樛樛。我在心里暗暗嚼着这个我已经牢牢记清发音的名字。你欺人太甚！

"乌苏拉——"

说曹操，曹操到。徐樛樛笑眯眯地提着一大袋冰镇饮料推开了休息室的门。她是副社长，总是喜欢给成员们买些吃的和喝的，偶尔遇到好学的学弟学妹们，她还附带讲解疑难课程。

"怎么样，剧本记熟了没？"她一边说一边递了瓶矿泉水到我面前，"台词不难背吧？"

"幼儿园的小屁孩都知道你这个剧本。"我不咸不淡地应着，但手还是很诚实地接过了那瓶水——这点我倒是比较满意。虽然徐樛樛日常弄混大家伙喜爱酸奶的口味，但对于我偏爱的矿泉水牌子，一次也没出过错。"海的女儿——"我轻轻地喷了一两声，"无聊。还不如灰姑娘。"

"友情提醒一句，新社员是没有资格跟副社长叫板的。"

徐樛樛挑了挑眉，虽然她的上半脸都被她的刘海和眼镜盖得差不多了，但那种小男孩一般的得意和淘气是没办法盖住的。经过这段时间的相处，我发现她其实比我想象中的要活泼很多。

这么想着，我眼睛又不自觉地落在了被我揉成抹布一般的剧本上，那一页正好是我和徐樛樛的对场戏——也就是想王子想到发疯的小美人鱼爱丽儿出于无奈只能去找深海女巫乌苏拉帮忙。尽管爱丽儿是个愚蠢的主角，但在我看来，乌苏拉更无聊，整日躲在深水区捣鼓这个捣鼓那个，要了爱丽儿的声音还不够，竟然还要了其他人鱼的长发——真是一个寂寞的变态。

"放心吧，我已经跟服装师说好了，女巫不穿裙子，就只是一个长袍子，够义气吧？"徐樛樛依旧笑眯眯的，直到窗外的风将休息室里的贝壳风铃吹得清脆作响时我才发现她今天换了一根头绳，酒红色的，上面还带着一颗珍珠模样的装饰物，"暗紫色你能不能接受？黑色也行——"

我张张嘴，正准备提议说要不在黑色长袍上给我镶一排铆钉时，休息室那扇半开半掩的门就被人彻底推开了。隔壁班一男的，话剧社社长，叫什么名字我给忘了。总之，在他出现之后，徐樛樛立刻将乌苏拉的服装大业抛之脑后。她跟着他走了，用的还是那种很高兴的表情。

"不会吧，常学长——"也许是我眼里的情绪奇怪得过于诚恳，所以咬着酸奶吸管的学妹忍不住轻轻地喊了我一声，"你不知道社长和副社长是一对呀？"

不知道。徐樱樱从来没跟我提过好学生还会早恋这回事，恶俗的是，居然还是办公室恋情。

"听别的学姐说社长和副社长感情可好啦。特别是副社长，知道这是他们高三届最后一次参与话剧活动而且社长下个月也得退位之后，就一直为了这个话剧而忙前忙后呢。"

"小美人鱼和王子——虽说童话故事是悲剧，但我看，现实未必嘛，好像他俩成绩都很好。"

"那他们以后会考上同一所大学吗？要还是同一个专业，就太好啦！"

"会结婚吧？那以后养猫还是养狗呢？我看副社长好像挺喜欢猫的。"

行吧，我算是知道为什么女孩子之间总有那么多聊不完的天了，哪怕聊的内容跟她们半毛钱关系都没有。

我继续坐在凳子上，没有目的性地拧着矿泉水瓶盖，松了又紧，紧了又松。

· 肆 ·
【早恋的美人鱼，也勉强算可爱】

从小到大，我听过许多莫名其妙的结论和定律。

比如说，如果你想认识一个人，那么你会发现其实你和他之间的距离最多不会超过八个人；又比如说，如果你想接近一个人，那么你会发现上帝一定会充满善心地帮你一把给你创造种种机会；又再比如说，我眼下正经历的这一种——如果你跟一个人突然变得有些熟了，那么你就会发现这个人的身影会开始蛮不讲理地充满你的生活，挺无解的，类似于每次打开电视机看到的总是那几个相同的连续剧片段。

"常凌霄——你到底有没有在听我说话啊？"

徐樛樛皱着眉，将数学书啪的一声反扣在桌面上。我先前就说过了，我成绩不怎么样，对考大学这件事也模糊得很，但班主任却不怎么想在高三一开始就放弃我们这群中下游的学生，于是他干劲十足地成立了十几个帮助小组，然后大手一挥，我和徐樛樛，就这么绑一起了。

我百无聊赖地转着笔，正准备说其实我在努力听的时候，徐樛樛却突然下巴一扬做恍然大悟状："我知道了，你肯定是因为隔壁班的班花站在外头的走廊上，所以心猿意马了是不是？"

是个屁啊是。我看起来不想学习，那仅仅是因为我不想学习。而且在快要成年的我看来，被一个女孩儿影响自己的心情和动作，那是一件非常丢脸并且不成熟的事情，怎么着都不酷。

"我不喜欢她。"

我面无表情地扭着脖子往外面走廊上看了一眼，然后没来由地，对徐樛樛坦诚得有些过分："我哥们儿追了她好几个月，她说什么都不答应，但是礼物什么的又照收不误。我哥们儿傻呗，以为她真的是为了高考，结果上个星期发现她和邻校一高二的男生在一块了。啧，有点惨。"

"我也不怎么喜欢她。"徐樛樛此刻的表情有些好玩，像是苦恼困惑，又像是纠结难堪，末了还夹杂了一丝不具名的羞赧，"上学期我和她一块参加化学竞赛，都拿的一等奖。但其实考试的时候我就发现她带了小字条，但我不知道该怎么说，感觉去告状很像一个小学生。"

我就这么直直地看着徐樛樛，然后没忍住笑出了声："那你记到现在？也真是一个小学生。"

"小学生怎么啦？"自尊心受到挑衅的徐樛樛愤怒地推了一把鼻梁骨上的眼镜，"小学生也比你会做数学题，班主任还不是派了我这么一个小学生来教你！"

"是。徐樛樛同志是我见过的最牛的小学生。"我耸耸肩，顺着她的话接了过来，"赶明儿我就告诉班主任，我们班最厉害的小学生正在早恋。"

然后徐樛樛就没说话了。趁着她鼓着脸颊愣神的一瞬间，我抽出了她指间那支黑色的钢笔："走吧，天黑了，高中生有义务请小学生吃关东煮。"

徐樛樛喜欢吃关东煮这件事，是我偶然发现的。

某一次放学之后，我和几个哥们儿骑着租来的摩托车从后街呼啸而过的时候，我看到了徐樛樛和她那个社长男朋友。两人表情也就那样，怎么说，类似于两个好学生在讨论一道高分题。接着，他们就停在了关东煮店的门口，我也莫名其妙地招呼着我哥们儿踩了一脚刹车。

他俩又聊了会儿，最终以社长甩手走人，而徐樛樛独自掀开关东煮店的红色塑料帘为结尾。

摩托车再次飞驰起来，带了些秋意的凉风吹乱了我的发型，我将没点燃的烟顺手丢在了路边的垃圾桶里。我搞不懂为什么徐樛樛的男朋友不陪她吃关东煮，那家的鹌鹑蛋真的还蛮不错。

"常凌霄，你知道吗？"

徐樛樛一看就是关东煮店的至尊客户，老板甚至在捞虾丸的时候多送了她一串海带。

"啥？"我漫不经心地往自己碗里添葱，她在我右手边开了一瓶冰豆奶。

"要是美人鱼不是住在又咸又凉的海水里，而是住在像关东煮这种又香又热的浓汤里，那么打死我我也不会因为要和王子在一起而去找女巫换腿的。"

徐樛樛满脸虔诚地捧着纸碗吸溜了一口汤，油烟味儿的热气不断，她的镜片也蒙上了一层雾。

"那个——"尽管我知道我想问的话和她刚才莫名其妙的感叹没啥关系，但我还是想问，毕竟我真的好奇很久了，"你明明是个好学生，为什么要谈恋爱？"

"这有必然的联系吗？"徐樛樛一边摘眼镜一边侧过头望着我，"我们现在是学生，好好学习是本分，但这不代表我就是一个非常死板并且热爱学习的人啊。所以对于我来说，除开学习和高考之外，话剧也想好好演，街边小吃也想好好品味，早恋什么的，当然也可以试试啊。"

·伍·

【给我个机会，我想当一个正义的深海女巫】

话剧也想好好演，街边小吃也想好好品味，早恋什么的，当然也可以试试啊。

一连好几天，我的脑子里都是徐樛樛满脸认真地说着这段话的表情。

不得不说，这段话被我翻来覆去、横七竖八地理解了一通之后，我还是觉得说得挺有深度和内涵的。看来徐樛樛不仅可以当数学课代表，好像连语文课代表、政治课代表什么的也能胜任。于是我暗暗决定，如果下学期还能投票选举班干部的话，那我再也不弃权了，统统投给她。

重复的日子总是过得很快，一眨眼，就快入冬了。

之前一直忘了提，学校在国庆之后给高三生颁布了一条新规定，说什么周日下午的放假时间变成了自愿上自习的时间。当然了，这天底下哪有自愿上自习的学生，特别是一抬头还能看见班主任坐镇讲台的那种。但上有政策下有对策，这时候谁脸皮更厚谁就赢了——那自然是我。所以除了被徐樛樛点名要到的几个周日下午外，我基本上都歇在市中心新开的网吧里。

但眼下这一次，我恨不能立刻跑回教室捧起教科书大声朗读，毕竟遇见徐樛樛现任社长男友带着邻校女生来上网这种事，也太尴尬了。特别是他俩还紧紧牵着手，并且有说有笑。

这时我的手机屏幕也心电感应一般亮了起来，发件人是徐樛樛，但内容却是要我上完网回学校的时候给她捎一碗关东煮，多辣多葱的那种。吃吃吃，就知道吃，你男朋友都要跟人跑了你知不知道？我恨铁不成钢地回了一个好字，转而又对上那社长略显尴尬和无措的眼神，我下巴一扬，示意他跟我来。

　　"你妹妹啊？"

　　以男人对男人的了解，我知道那肯定不是妹妹。但很奇怪，我就是这么问了。

　　那社长靠着刚刚翻新不久的白墙壁对我摇了摇头，然后盯着他自个儿的鞋尖说："你看到了。"

　　"废话，我又不是瞎子。"我嘲讽似的撇撇嘴。他倒是很坦白。这时我才发现我手里还抓着一包软烟——对，我就是因为要去前台买烟才遇上了正在上机的他俩——我想了想，还是没有用太难听的称呼，毕竟前几天我已经答应了徐樛樛平时少爆粗口。因为她说，女巫要优雅。

　　我拆开软烟的包装，朝对面的人递了一根过去。毕竟男人之间，不管是敌是友，烟总归要发的。

　　"我不抽烟，谢谢。"

　　靠！我感觉我按火机的力度比平时大了很多。靠！我在心里又骂了一遍，这都是什么人。

　　"今天的事，你会告诉樛樛吗？"

　　啧，他居然还有脸叫她樛樛，酸得我牙疼。

　　"你不喜欢徐樛樛了，你就该跟她明说，来这么一出，挺没意思的。"

　　"不是。"也许是我此刻过于平淡的态度让那社长产生了就算我不是他的同盟但至少也会保持中立不管这档子事的错觉，这厮竟然厚颜无耻地冲我笑了笑，"不能说我不喜欢她了，只是我们在一起好几个月了，她除了偶尔愿意让我牵手之外——常凌霄，"我并不意外他知道我的名字，也许徐樛樛提过，又或许是老师们口中的反面教材，总之，无所谓。"我们都是男的，你肯定也懂。但是你可能不知道，别看樛樛平时那样，其实，她摘了眼镜还挺漂亮……"

　　把燃到一半的烟扔出去的同时，我的拳头也准确无误地挥在了眼前人的脸上。

　　"所以呢？这就是你欺负徐樛樛的理由？我在前台看到你的时候就已经想好怎么揍你了。"

　　他毫无防备，被我打得一个趔趄差点直接蹭着墙面倒在地上，几乎是整个左脸都挂了彩。

　　没意思。我往角落里啐了一口，我向来不喜欢打这种碾压局面的架。于是在这一拳之后，我只是仗着身高优势揪住了他的衣领。而他因为吃痛和无法反抗，只能喷出一阵又一阵灼热激烈的呼吸。我看着他，尽力平息着那阵搅痛我太阳穴的愤怒，可是不行，除了徐樛樛在关东煮红色塑料棚里的那张脸，我什么也想不到了——她摘掉雾气蒙蒙的眼镜，长长了的齐刘海被她用一个黑色发夹随意地拨到了右边。因为加了一大勺辣椒，她的脸颊和嘴唇都变得红彤彤的。她眨着眼，那里面有湿漉漉的柔软和向往。她笑着说，早恋什么的，也可以试试啊。

　　试什么试，试个屁啊！
　　好学生就该好好念书，美人鱼就该老老实实地潜在海底唱歌。

至于这世界的坏蛋，偶尔也能交给深海女巫这种迷人又冷酷的反派角色。是吧，反正，我觉得是。

·陆·
【泡沫就泡沫吧，咱们去吃关东煮】

行吧，有一说一。

其实我这人毛病真的很多，最典型的就是一旦冲动起来做事就非常欠考虑。

比如在拳头挥向话剧社社长的那一刻，我既忘了打人不打脸这个基本的礼仪准则，又忘了第二天就是话剧社的公演日——一个肿了一大半边脸的王子，怎么化妆都是没办法登台的。

但我这人还有个更典型的毛病，那就是喜欢咬着牙齿梗着脖子不认错。

不就是一个王子嘛，我兄弟那么多，难不成还没办法临时推一个上台？再不济，我就女巫、王子混台出演总行了吧？当然，我这是在开玩笑，我比受不了愚蠢的美人鱼更加受不了这个傻而不自知的王子，特别是这王子还有一段和邻国公主结婚的戏码——光是想想我要当全礼堂师生的面和一个不怎么熟的学妹踏着《婚礼进行曲》走个百来米，我的鸡皮疙瘩就没办法压下去。所以，王子什么的，还是勉强勉强让兄弟当吧，毕竟我很满意我女巫袍子上的铆钉。

"哎，那个美人鱼——"

在最后一场景换场的时候，我站在酒红色的幕布后，一把拉住了已经换好白色纱裙的徐嫪嫪，并顺手把道具师慌忙塞在我怀里的玩具匕首递给了她："要不你干脆杀了王子吧，回到海里去，别变成泡沫了，多不值啊，你说是吧。反正最后就你一个人的戏，你想怎么演就怎么演……"

"你在想什么呢？"徐樛樛歪着头，认真地看了我一眼。她今天摘了眼镜换了发型，还化了一个正儿八经的海洋舞台妆，怎么说呢，很好看。"我是安徒生一定要被你气活了。"

"我这是结合现实灵活改编，不信你自己问问美人鱼变成泡沫了后不后悔。"我有些心虚地咂了咂嘴。虽然我没有告诉徐樛樛在网吧的事儿，但这世上没有不透风的墙，就算她不说，我猜她也已经知道了个七七八八——包括我殴打她前男友并且差点搞砸话剧演出这两点。

"泡沫就泡沫吧，没关系。"徐樛樛紧了紧手里的匕首，一溜烟似的，又跑回了舞台正中央。

随着旁白最后的一声叹息，这场话剧也算是顺利收尾了。

参演人员们挨个站成一排不断地鞠着躬，我也顺应着大家伙重复着把自己对折的动作，但一来一去间，我发现我身旁的徐樛樛眼睛亮得过分——那不是所谓的珍珠眼妆。是她哭了。

"喂，你别吧。"台下雷动的掌声好像没有要停下的意思，所以我也不确定徐樛樛能不能听到我的话，"哭什么啊，娘们兮兮的。你人生还长着呢，指不定以后要被劈更多次腿……"

"我本来就是女孩子！"她别过头，狠狠地瞪了我一眼，"还有，常凌霄你会不会安慰人啊？"

就……明显，不怎么会啊。我瘪瘪嘴。这什么世道，深海女巫被小美人鱼吼得大气不敢喘。

"我才不是难过那个呢。"徐樛樛抽了抽鼻子，"我是为了小人鱼难过，王子太过分了！"

"是啊。"我看了看站在最边上的王子，感同身受地点了点头，"临时拉过来帮个小忙而已，居然一开口就是一个学期的网费和水费——哪有这么当兄弟的？"

"扑哧！"

徐樛樛终于破涕为笑。

"常凌霄，"她喊我，"我饿了，我们去吃关东煮吧。"

"行啊。"我又点点头，并且麻溜地报出了徐樛樛的老三样，"虾丸、鱼丸，还有魔芋豆腐。"

"还有……"

"知道啦。"

我想了想，还是从袍子巨大的口袋中掏出了徐樛樛的珍珠王冠，这是剧情前半段中她还是个公主的象征。于是我又煞有介事地想了想，最终决定把它端端正正地重新戴回她头上。

"泡沫就泡沫吧，我请你喝两瓶冰豆奶。"

小编有话说：

王子和女巫，你会选哪个？我想，应该很多人都会选择王子吧。

但其实，不是只有王子就能带给小美人鱼幸福，这个披着女巫外袍的骑士也是可以的。他可以保护她不被王子欺负，并且还能在她难过时带她去吃关东煮，可以说很暖了。

远山和叶

文 / 打伞的蘑菇

"你说你教我学习，
我教你谈恋爱，
这样挺好的啊。"

· 壹 ·

卢叶当年高考完站在教学楼的天台上撒试卷的时候，一定没有想到自己三年后会再回到这个地方。

只不过当年坐在讲台边上的特殊座位孤苦无依，如今站在讲台上笑得大方得体。

爱情可真伟大啊。居然让她这个曾经驰骋校园的问题少女如今摇身一变，成了一个准人民教师。

卢叶在心里感叹了一番，随即合上课本，目光锁定面试官中最中间那个人，说：“谢谢各位领导，我的试讲完毕。”

几位校领导点点头，简单点评了一番，见她没有下去的意思，又问道：“还有什么问题吗？”

卢叶没说话，目光始终如一，看着那个从始至终一言不发半垂着头不知道在纸上写着什么的人，半天才不慌不忙地回：“我想听一听越老师的意见。”

越山，卢叶在心底默念他的名字，顺道说了一句好久不见。

被指名的人终于抬起头，却没看她，脸上也没有任何卢叶期待的表情，声音倒是一如既往的没什么起伏，说：“没意见，下一个。”

“没有下一个。”卢叶面不改色，还添了一句，“我就是唯一的一个。”

教室里瞬间沉寂下来，可目光却终于有了回应。

越山看过来，眉峰微聚，卢叶如愿以偿地笑：“我指的是来面试的女物理老师，就我一个。”

所以呢？

"所以物以稀为贵。"

卢叶一直等到所有人都走完了才看见越山从教室里出来。她从单杠上跳下来，小跑着赶到他面前："越山。"

越山正在翻看手里的文件，听到声音停下来，看着面前气喘吁吁跑过来的人，似乎是才记起来她的存在。大概出于礼仪的回复，可语气里的疏离却毫不遮掩："有事吗？"

真够冷漠的，卢叶笑："没事，想你了。"

越山皱眉，很明显话被堵了一道，却依旧不动声色地回道："不好意思，我挺忙的。"他说着，迈开步子长腿阔步，没两步又被拦住。

"哎，你跑什么啊。"卢叶跟着他走，"这么久不见你不想我啊？"

这么久是多久，五年？越山嘴角划过一丝嘲讽，停下来问："所以卢小姐又想要什么花样？"

卢叶真的爱死了他现在的样子，优雅又凌厉。

她说："我没耍花样，我是很认真地在追你。"

"是吗？"

"是啊。"

"那你自便。"

越山没给她再说话的机会，绕过她往行政楼走。

卢叶停下来看他走远了才记起来自己应该像电视里演的那样说一声好久不见的，又娇情又缠绵。

不过也没关系，她想，越山，我们不仅好久不见，我们更有来日方长。

· 贰 ·

益山高级私立中学的实习生招聘结果，人事部讨论了三天。

第三天的时候秘书处将结果送到越山那里审批。

至于为什么是越山，稍微有点资历的老教师都知道这所私立学校姓什么，而越山他爸爸虽然还没彻底退休，到现在也是两耳不闻窗外事，差不多把这所学校丢给他了。

越山简单地看了一眼，将名单放在旁边，没一会儿又拿起来，在第三排的名字上很随意地画了叉叉。

秘书长看了看被划掉的名字，有些奇怪："我们几个都觉得这姑娘挺不错的啊，又年轻，长得也不错，现在孩子应该都喜欢这样的老师。"

越山抬眼，又垂下去，好久才说："她性格不好。"

性格不好……秘书长斗胆问："当时面试的时候就有些奇怪，越老师你是不是有点针对她啊？"

"没有。"

"那你为什么说人家性格不好？"

越山在几份合同上签了字，收了笔之后才不慌不忙地说："我惯出来的。"

秘书长最后将结果送到校长那里。越校长看到那个被划掉的名字时眼神微动，将那个名字又圈了出来。

这就很令人费解了。老校长气势凌人："我说的算，那小子不愿意就把他赶出去。"

这事儿秘书长没敢跟越山说。

所以最后入职典礼上越山看见人群中的卢叶对他笑得一脸不怀好意的时候，似乎很不悦。不过，他应该能猜出个八九成。

他爸爸早就知道卢叶了，他的女朋友，卢叶。

偏偏卢叶还不知死活地跑过来，得意扬扬的样子："越山，我是不是很厉害？"

越山正在改作业，还有一堆关于校建合作的合同没看，头疼："你觉得你是靠实力？"

"不觉得啊。"卢叶似乎很有自知之明，顺利找到他的视线，强迫交汇，"我觉得是靠关系——"

"我和你的关系。"

越山眯了眯眸子："你现在的言谈举止一点都不适合这个职业。"

卢叶丝毫不畏惧，甚至唯恐天下不乱："那你干这个职业的时候凭什么跟我谈恋爱？"

越山不慌不忙："你大概记错了，我不记得我什么时候跟你有什么关系。"

"那要不你回忆回忆？"卢叶说，"实在不行我帮你，亲一下就全部想起来了。"

·叁·

卢叶认识越山的时候才十六岁，正是少女叛逆又嚣张的年纪，成绩一塌糊涂。

越山是她爸爸给她找的家教。

卢叶见越山的第一眼就觉得她爸真是干大事的人，至少在她看来，每次路过新华书店门口看着蹲在那儿的可兼职家教的大学生们，都让她很不客气地想起"歪瓜裂枣"这个词。

可是她爸居然能从大海里捞出这么一颗闪闪发光的珍珠，真是把这辈子的视力都用上了。

也是，那个时候的越山才大四，唇红齿白，站在人群里像是一棵挺拔的白杨，任谁都会一眼看见便移不开眼。

所以卢叶喜欢越山真是势不可当的一件事。

而越山虽然除了讲题目很少谈题外话，但大部分事情还是由着卢叶乱来，比如"笛卡尔之心"的告白，而他无奈又宠溺的表情总是禁欲又迷人。

也难得卢叶在这种磨人的荷尔蒙下还能考了个二本。她爸高兴得睡不着，她也睡不着，半夜跑去敲越山家的门。

卢叶得意起来了，还没进门就拉着睡得迷迷糊糊的越山说个不停："讲真的，我本来能考上你们学校的，都是你的原因，我每天一边操心怎么追你一边学习，你乖乖就范不就好了，非得这么不省心。"

她说："你说你教我学习，我教你谈恋爱，这样挺好的啊。"

"况且你成绩这么好应该没谈几次恋爱吧。现在都是德智体美劳全面发展，你这样只会学习不会恋爱在我们那儿叫偏科，你必须学习，认真学习。"

卢叶觉得自己像是一个逼良为娼的恶霸，她还想说什么，却被堵住了嘴。

越山一手撑着门框一手扶着她的后脑勺将她拉过来，吻住她，然后温柔吐息："够了吗？"

卢叶反应了一秒，说："不够。"说完了脖子押长往屋子里看，"反正你们家也没人，要不我住一晚吧？"

"乖，别搞事儿。"越山眯着眼睛，危险的语气特别迷人。

卢叶根本没法拒绝这样的越山。

她点头如捣蒜："那你说什么就是什么吧。"想了想又问，"越老师，我这算是追到你了？"

"你觉得我这么好追？"

"不然呢？"

那是因为在你表白之前就喜欢你了。越山笑了笑没说话。

那晚越山把卢叶送回了家，也是那晚之后，她再也没找过他。

· 肆 ·

卢叶最后是以实习教师助理的身份待在学校的。

她本来想去找越山理论，后来又想了想，他的安排她无条件服从，谁让她宠着他呢？

虽然目的不纯，可是上课的时候她觉得自己演得还挺好的。和蔼可亲，知识渊博，学生们反响也不错。

后半节自习课上有个女孩子问她问题，卢叶单独给她讲了一遍。

女孩子喃喃："老师，你的解题思路和越老师好像啊。"

怎么说呢，卢叶听到这句话时又开心又膈应。开心的是，那不看看你们卢老师我师承哪一派；膈应的是，他居然也给别人这样讲过题？

虽说是老师，可是他那么迷人的样子究竟有多少人肖想？

卢叶笑："他的解题思路大概是从你们师母那里来的。"

师母……女学生一愣，随即反应过来："越老师结婚了？"

卢叶毫不心虚："早结了。"

中午休息的时候，越山来办公室说事情，进门就看见卢叶坐在窗边又无奈又甜蜜的表情。

他皱了皱眉，喊了两声："卢叶。"

卢叶回过神，看到他时脸上的笑容丝毫没变："你找我？"

从外面进来的老师看到越山有些奇怪："哎，越山，你这个月不去那里吗？"

"不去了。"

卢叶不知道那位老师在说什么，越山也就简单地回了句，然后看着卢叶，语气平平："下午一节课你去教一楼培训，我来带你的课。"

卢叶想了想，说："你这是问我要课吗？"

她这点真是一点都没变，理解问题永远理解成她自己想要的意思，而不是人家要表达的意思。

越山说："算是吧。"

卢叶来劲了："不行。要课没有，要我的话随时可以。"

越山没打算再说什么。卢叶叹气，好吧，她来妥协。

她想了想，说："这样吧，一节课赠一个我，免费陪吃要不要？"

下课铃声响起来，卢叶完全没给越山说话的机会："好的，我现在就去教一楼。"

还有一个小时……卢叶也觉得不对："我容易迷路。"

再多待一秒钟，越山就会直接拒绝她了，她又不是傻。

越山站在那里没动，也没说话，看着她蹦蹦跳跳地跑出去。是挺容易迷路的，送她走一次，五年都没有等她找到回来的路。

· 伍 ·

卢叶脾气不好。

当初越山教她的时候，哪怕是冲着他的颜值她忍下好多，也有被气哭的时候。多半是闹不过就哭，她一哭，越山也没办法，没办法就随她。

而她现在才知道真正能在自己一哭就妥协的人，和知道她会妥协才肆无忌惮以哭作为要挟的人，都是周游于爱的那个人，被爱的人无忧亦无惧。

卢叶一节培训课没听完就跟人闹起来了。

对方是有资历有背景的女实习生，她冷嘲热讽了半天，说卢叶不够端庄、为人师表和太多其他成分。

卢叶也没想跟她闹，不过仔细看了看她的样子，一拍桌子站起来，这就是昨天她等越山一天，结果被截和的人吗？

说她，她可以忍，也无所谓，但是跟她抢人就不行了。

她笑："我是坐您头上还是踩您脸上了？要是您觉得不端庄，要不我坐您脸上？"

越山来的时候听到的就是这句话。他身后还有那位女实习生的父亲，学校图书馆的投资方之一。

女实习生哭哭唧唧地往她爸爸那里跑，路上硬是在越山面前崴了脚。

卢叶冷眼看着，毫无悔意。她还是知道点事的，今天捐了图书馆就把自己女儿送过来做人家同事，明天捐了食堂岂不是要把女儿送过来做童养媳了？

她看了眼越山，二话没说，就去了人事部，辞职。

卢叶还是挺有自知之明的，得罪了人家，投资方肯定是要赶她走的。不过闹了一场，那女实习生也没理由待下去。

所以同归于尽，毕竟她见不得越山为难，更见不得他不为难，要是越山二话不说辞退她，她应该还是会难过的。

所以自己来，给自己留点余地。

· 陆 ·

卢叶磨磨蹭蹭地收拾完没什么好收的东西，也没见越山来找她。她很气，气势汹汹地跑到行政楼那边找他。

越山正在跟投资方谈事。

对方显然对自己女儿受了委屈这件事很不满意，说："你也看到了，我女儿都这样了，那女孩必须受到处罚。辞职就能解决的事还叫事吗？必须记个过。"

越山好久才说："你女儿有什么问题我不知道，但是她受了委屈就不行。"

"什么意思？"

"没什么意思。"

"你别年轻不懂事，你要知道你们图书馆的资金……"

"不好意思，我虽然年轻，但我不缺钱。"

越山送走人，回身就看见了一脸愤怒的卢叶。在看到他的瞬间，她的表情变得可怜又遗憾。

卢叶说："我要走了。"

越山心里一顿，然后不动声色地笑了："一路顺风。"说完准备走。

就这样？卢叶忽然抓住他的手："可我还没追到你呢。所以你告诉我，你这还缺什么，不行的话我过两天再考过来。图书馆是吧，那我考一个图书管理员吧。"

越山停下来，看了眼她握着自己的手。

卢叶也没打算放开，抓得更紧了，说："你要了我一节课，别忘了还有我，再怎么样，你也要陪我吃顿饭。"

越山笑了一声："卢叶，你以前怎么没说你要走？"

以前……五年前忽然离开，现在又忽然出现……

卢叶看着他，无比坚定："因为知道自己要回来。"

"你说回来就回来？"越山挑眉看她，问，"不是知道我结婚了吗？回来随礼的？"

卢叶发誓，她真的只是跟学生乱讲的，想断了她们的念头。可是她也真没想过，他要是真结婚了呢？

手上力气渐渐松动，她笑："我是回来接着追你的。"

越山忽然反手握住她的手："所以呢？"

"五年前你说我不算追到你，所以我蛰伏五年，又出现了。"

·柒·

五年前，卢叶生了一场大病，没来得及告诉越山就被她爸送到瑞士了。

毕竟她妈妈就是因为这种病去世的，所以她不敢联系越山，怕自己来不及等到他爱上她。

不过，三生有幸，那段昏天黑地意识不清的日子算是熬过来了。

半年前回国的时候越山早已毕业，她花了一番工夫才打听到越山的消息，又做足了准备才敢出现在他面前。

她从来没有停止过想他，所以没想过越山会不等她。

卢叶有些委屈，却说得理所当然："越山，你真结婚了的话，我会孤独终老的。我脾气又臭又硬，只会对你妥协，没人会受得了我的。"

"你挺有自知之明的。"

所以你大概是我脾气古怪的唯一意义吧，只有你能容忍我的撒娇厚脸皮、刁蛮小任性，只有你啊，是这个世界经过层层筛选之后留给我的唯一。

所以我非你不可。

越山看着她，其实他一开始就知道了，在卢叶消失的一周后。

不过那个又臭美又倔强的小姑娘，大概这辈子也不会让他看见自己那个时候的样子。

越山每个月都会去看她一次，她的疼、她的坚强，他都知道，尽管他没有出现，却一直都在。

而这些，越山也不会让她知道。

只是必须要警告她，将他从自己的人生中撇开是会受到惩罚的，比如说不断地吃瘪。不过才一会儿，他就舍不得了，尽管她也没有把他的拒绝当回事，从始至终都是我行我素；尽管他也很享受这个所谓的被追的过程，可是他也等不及了。

越山不知道从哪里拿出来一张纸，递到卢叶面前。

"不是问我缺什么吗？"越山说，"结婚证上缺一个名字。"

卢叶愣了一下，好久才反应过来："那你觉得卢叶这个名字怎么样？"

"你写下来试试。"

那是卢叶站在讲台上侃侃而谈时，越山在下面写的东西，一字一句：远山和叶，一生与你。

小编有话说：

越山这种"口是心非、表面虐女主、怼女主，私底下护妻护得不得了"的性子可以说非常萌我了。虽然他们之间因为一些事产生过误会，也分开过，但我觉得这个女追男的故事意外的暖人心。你们觉得呢？

暮雨潇潇

文 / 鹿拾尔

她第一次觉得自己落魄到了极致
在这个老旧的楼道里
简直无处遁形

他人等送伞，
我在等雨停

·壹·

罗潇是被一阵沉重的敲门声吵醒的。

声音很大，明明隔着好几扇门，还是清晰地传到了她的耳朵里，刺耳得紧。

她有些困倦地翻了个大白眼，烦躁地掀开被子，再一次在心里咒骂了罗成功一遍。

罗成功是她的父亲，年近四十，单身。

虽然名为成功，但他这四十年来，却没干过任何一件成功的事情。最近这几个月来，他每天的工作就是穿得体体面面的，然后揣着一盒保健药和一摞名片去做推销。说得通俗一点，他是个卖假药的，通过坑蒙拐骗说漂亮话赚老头儿老太太的钱。

他之所以能屡屡得手，罗潇曾替他总结过。一是因为他长得诚恳老实，二是因为他极度自信，真名和地址都清清楚楚地印在名片上，每次他都拍着胸脯信誓旦旦地说，有问题就直接去他家里找他。

作为一个读书人，罗潇很看不惯罗成功的这种行为，吐槽他迟早被警察抓。可罗成功却言之凿凿地说，自己的药包治百病，即便治不了也绝对害不了人的。说得多了，他自己都信了。

能不能治百病罗潇不知道，她只知道，自从罗成功迷上卖这款保健药后，家里便时常被购买了药物的老头儿老太太的家属砸门，大骂罗成功是骗子，家中老人吃了药一点都没好转，吵着闹着要罗成功退钱。

拆开了包装，药也吃进了肚子，罗成功自然无法退钱。这药罗成功本就卖得便宜，赚的都是些小钱，再说只是普通的保健品，吃不出什么毛病来，自然也就没人费这个劲去警局举报他，最后往往不了了之。

可来砸门的人多了，不仅闹得下了课的罗潇不敢回家，还扰得附近邻居苦不堪言。

这不，这是罗成功带着她搬的第二回家了。

罗潇磨磨蹭蹭地停到了门口，透过猫眼只看到外面站着一个清瘦的男子，光线很暗，看不清他的模样。

罗潇清了清嗓子，问："谁？"

外头传来一个年轻的男声："请问是罗家吗？"

罗潇心一紧，暗道不好，多半又是被家属找上门来了。她换了副粗壮的嗓音："你找错地方了，这里没有姓罗的。"

外头沉默了半晌，再度出声——

"请问是罗潇吗？我找罗潇。"

·贰·

破旧阴暗的楼道里贴满了小广告，不灵敏的感应灯一闪一闪地苟延残喘着，对面门口还堆着好几天前没来得及处理的垃圾，无一不在彰显着这个居民楼的老旧，好似只要一张口说话就能被呛一嘴灰尘。

罗潇有些尴尬，扯了扯自己皱巴巴的睡裙，有些后悔自己为什么没有事先刷个牙。

　　"你……你找罗潇？确定不是找罗成功？那个四十左右矮矮胖胖的罗成功？"

　　对面那男人被她逗乐了，好看的眼睛弯了弯："你就是罗潇？"

　　罗潇偷偷打量着他，脸唰地红了。她平日大大咧咧惯了，此刻却淑女得不像话。她暗骂自己不争气，小声说："是，我就是罗潇。"

　　那男人扬了扬手中几本薄薄的教材，友好地朝她伸出手："你好，我叫阙暮雨，或许，你可以称呼我为阙老师。"

　　阙，这个不多见的姓氏，是他离开后，罗潇翻了字典才查到的。

　　晚上，等罗成功回来后，罗潇便抱着字典，兴师问罪地问起了阙暮雨的事。

　　罗成功坦然地承认了阙暮雨是他找来替罗潇补习的老师。

　　罗潇成绩不太好，一直吊儿郎当没把学习当回事。小学升初中，初中升高中，每次都是堪堪踩着分数线考上学校，在班级的成绩也一直吊车尾。

　　这次要考大学了，罗成功急得不得了，一直有请家教的想法，也跟罗潇说过无数次。只是罗潇从没想过，罗成功会将其落到实处。

　　罗成功语重心长地说："潇潇，明年你就要高考了，可不能再贪玩下去了，老爸还指望着你考个好大学找个好工作，等着日后享清福呢。"

　　罗潇打断了他的絮絮叨叨，不客气地问："罗成功，你老实说，补习费不便宜吧？钱哪里来的？"

　　罗成功对她的直呼其名早已习惯，他眉飞色舞起来，说是最近新认识了一个投资商，看中了他这款药的前景，声称要与他合作，将药大肆生产投入市场。这不，先预支了他一部分钱，只等过几天签合同了。

罗潇越听眉头蹙得越紧，她不是很耐烦地打断了罗成功的沾沾自喜，担忧地说道："天上掉馅饼？哪这么好的事？你别不是被人骗了吧？"

罗成功眼睛一瞪，看不出严肃反而有几分滑稽。

"这你就不懂了，人家这是看中了大好商机，眼光好着呢。"他一拍大腿，"这还不止，上个月碰到一个老太太，人特好，一挥手就买了好几千块钱的药……"

罗潇劝不动他，也懒得再听他吹牛皮，摆摆手回了房间。

她恨铁不成钢地想，罗成功迟早会被警察抓进局子里。

· 叁 ·

阙暮雨说他是本市重点大学的大二学生，利用暑假来赚点儿零花钱。

罗潇掰着指头算了算，自己要是能考上那所大学，那阙暮雨正好读到大四，还没毕业。这么一想，她莫名有些荡漾起来。

"哎，你们那所学校分数线多少啊？好不好考？"趁着阙暮雨低头检查她作业的空当，罗潇暗戳戳地问。

阙暮雨停了一下，淡道："哎什么哎，叫老师。"

罗潇嘴巴翘起来，这人，只要一开始讲课就这么严肃。

她乖乖应了句："阙老师。"

虽是如此，她还是在心底直呼他名字：阙暮雨，阙暮雨，阙暮雨。哼，你能拿我怎么样。

像是察觉到了罗潇不高兴的情绪，阙暮雨将检查完的错题圈出来给罗潇看，给她讲解完之后，还是回答了她的问题："以你的资质，只要这一年好好学习，十有八九是可以考上的。"

罗潇的眼睛唰地亮了。

阙暮雨笑笑，拿笔敲了敲她的头。

"好好学习吧，小罗潇。"

罗潇吃痛，皱了皱鼻子，也不生气，笑眯眯地应："哦。"

阙暮雨好像并不好奇罗潇家住着这样简陋老旧的房子，却有钱请家教这回事。

他不问，罗潇自然也不会去扯这个话题，免得尴尬。

突然小房间的灯泡在艰难地闪烁了几下，最终还是不甘心地熄灭了后，两人陷入了黑暗的同时，也陷入了沉默。

家教时间是每周二周三的晚上七点到八点半，外头黑漆漆的，客厅的灯老早就坏了，罗成功老嚷着要维修却一直没有时间。

"要不，今天就到这里吧？"罗潇提议。

阙暮雨想了想，问她："你家有没有备用灯泡？"

阙暮雨不仅将她房间里的灯泡换了，还顺带将客厅里的灯泡也给换了。

灰暗的客厅亮了起来，阙暮雨的视线在看到堆在角落里那一盒盒保健品时，微微闪烁了一下。

终于不用活在黑暗中，罗潇心情好得不得了。她笑嘻嘻地对阙暮雨说："我该怎么感谢你？要不留下来吃个夜宵吧？我下厨。"

"你还会做饭？"阙暮雨有些惊讶。

罗潇拍拍胸脯："那可不。罗成功……我爸他可喜欢吃了，他每天回来得很晚，我都会做宵夜给他吃。"

阙暮雨但笑不语。他收拾好教材，在门口停了停，这才说："谢了，你好好学习就是对我最好的报答。"

"什么嘛，说什么客套话……"罗潇有些不甘心，跟在他身后碎碎念，"真不吃吗？我手艺可好了……"

话还没说完就猝不及防撞上他的后背，他背脊在那个瞬间很是僵硬。没料到他会停下脚步的罗潇揉揉鼻子，正好看到站在门口掏钥匙的罗成功。

罗潇也僵了僵，感觉自己被抓了个正着。

罗成功的视线在两人身上诡异地转了转，半天才说："阙老师？"

罗潇轻咳一声，嘟囔着："明明是你请的家教，怎么看起来倒像是头一回见到？"

"您好，打扰了。"阙暮雨温和地冲罗成功颔首，便打算离开。

罗成功注意到里头的光亮，一下子明白过来，他搓搓手指了指灯："阙老师，真是麻烦你了。"他瞄了眼一脸期待的罗潇，顺势开口问了句，"要不留下吃个夜宵呗？"

· 肆 ·

罗成功是个不解风情的人，看不出罗潇对阙暮雨的小情愫。

阙老师哪里人？

多大年纪了？

找没找女朋友？

需不需要介绍?

这些问题问个没完。

不仅问得阙暮雨尴尬,也让罗潇面红耳赤,恨不能找条地缝钻进去。

恼怒的罗潇在桌子底下踢了对面一脚,罗成功没什么反应,依旧大口吃着他的炸酱面,倒是阙暮雨闷哼一声。

罗潇吓得不敢动了,事不关己地低头吃面。

阙暮雨抬眼若有所思地瞧了罗潇一眼,笑着答道:"像罗潇这样温柔的就很好。"

突然被点到名字,罗潇一愣,朝对面含笑的他做了个鬼脸,心里却美滋滋的。

罗成功眼睛一瞪,毫不留情地拆穿:"得了吧,这姑娘皮得很,一点也不温柔。你要是觉得她温柔,多半是她装的。"

这句话下来,气得罗潇脸都白了。

一直看着这父女俩互怼的阙暮雨也跟着他们笑,笑着笑着,越发若有所思。

吃过夜宵后,罗成功亲自将阙暮雨送下了楼。

上楼后,他一张脸笑开了花,止不住地说:"小阙真是个好老师,刚下楼的时候还一直在夸你有天赋,教你的知识点一点就通。"

罗潇撇撇嘴,走进厨房收拾碗筷。

"还不是因为你一直夸他教得好吗?他能不多夸我几句?"她有些奇怪,"你之前没有见过阙暮雨吗?"

罗成功摇头否认:"之前只电话联系过,是你学校的老师推荐过来的。"

罗潇犹豫着问了句："他收费多少呀？"

"嗨，你别管，不贵！"罗成功笑眯眯地说，"得亏我闺女天生聪明，这钱花得值！"

罗潇哼哼唧唧："那可不。"

罗成功这几天谈合作的事情进展得很顺利，再加上女儿被夸，他心情好了，大手一挥，许下承诺："明天我早些回来，亲手炖鱼给你和阙老师吃，给你补补脑子。"

罗成功手艺很好，罗潇的厨艺是从他那儿学来的，只是他平时忙得很，极少有时间煮饭给罗潇吃。

可惜，第二天晚上罗成功并没如约提早回来。

后来罗潇才知道，他进警局了。

·伍·

接到电话之前，她正在听阙暮雨讲解一个很重要的知识点。

听着听着，她便有些出神，一直盯着他挺拔精致的鼻梁看。

阙暮雨察觉出来了，他眉头微微一拧，伸手按在她脑袋上，将她的头正了回去："你到底想不想考大学？你知不知道你爸为了让你学习进步付出了很多？"

他向来很温和，今天这番话却有些严厉。罗潇不服气，倔强道："我有在认真听你讲。"

她将刚才阙暮雨讲解的内容一字不差地重复了一遍。不可否认，她的确极有天赋。

阙暮雨没说话了。

恰是这时，客厅的电话响了。

罗潇哼一声，穿上拖鞋跑出去接电话，这个电话打得格外久。

挂了电话，罗潇望着走出房间看情况的阙暮雨，眼泪唰地就下来了："怎么办，阙老师，我家老罗进警局了。"

阙暮雨连夜带着罗潇去了趟警局。阙暮雨的车看起来很是高档，和这个破败的小区很是格格不入。阙暮雨罕见地皱着眉没有说话，只是时不时给罗潇递一递纸巾。

可罗潇却没什么心思仔细打量，她整颗心都在警察告知她的内容上。

罗成功被人举报了，不仅如此，之前找罗成功说要入伙的投资商是个骗子，取得罗成功的信任后，他好言好语地哄着罗成功将自己的积蓄全部投了进去，现在人早就溜之大吉不知道去哪里了。

害得罗成功现在血本无归也脱身不得。

好不容易办完手续，一见到罗成功，罗潇便边哭边骂："你活该！这回该知道卖假药不对了吧？"

罗成功看起来憔悴了许多，却仍在安慰罗潇："是爸爸鬼迷心窍了。你别哭，哭什么呀，我这不是好端端的吗？不会有事的。"

罗潇简直不想搭理他，眼泪簌簌："妈已经走了，你也要离开我吗？"

罗成功有些慌了："没事，爸在这儿待几天就能回去了。你乖一点，跟着阙老师好好学，学费爸爸早已放在卧室的枕头底下了，你去拿给阙老师，好好感谢感谢他。"

……

罗潇擦了擦眼泪，失魂落魄地走出警局大门。她该早点阻止罗成功的，不该抱着侥幸心理任由他继续卖这款所谓的保健品。

可后悔没有用。

下了阙暮雨的车，直到上了楼罗潇才想起自己忘了告诉他要给他工资这回事。透过窗户看见他的车还在楼下，罗潇将钱装入信封赶紧又跑了下去。

她在外头寻了寻，看到阙暮雨正倚靠着车门打电话，他脸上是她从未见过的陌生表情。

楼道的感应灯已经坏了，他并未察觉到罗潇的去而复返。他说话的声音很低，断断续续的，却让罗潇的心尽数凉透。

"那个欺骗奶奶的骗子罗成功已经被警察抓起来了，证据齐全……我知道爸爸拿药去化验了，都是些滋补的中草药成分，可它冶不了奶奶的病却声称能冶，便已经属于欺诈了。"

他好看的嘴唇讽刺地向上一扬："……钱我会通过别的方式替奶奶讨回来……嗯，您别管是通过什么方式。"

"您放心，不会有人知道是我做的……"

他忽然一顿，透过反光的车玻璃看到了身后几步远的泪流满面的罗潇。他挂了电话，有些慌乱地转过身去，嘴唇张了张，似乎想要解释些什么。

罗潇却没有给他这个机会，她飞快地将信封丢给他，转身上了楼。

她本该在丢钱给阙暮雨的时候大骂他的，却没有勇气。他光鲜的衣着打扮和她反复穿了好几年的裙子形成了鲜明的对比。

她第一次觉得自己落魄到极致，在这个老旧的楼道里简直无处遁形。

·陆·

阙暮雨是从李老师那儿知道罗潇的。

他是这所高中的优秀毕业生，得空时会时不时地返回母校，帮老师处理一些琐碎的事情。在整理学生档案的时候，他注意到了罗潇的名字。

因为，罗潇名字下一栏的家庭地址，正好就是奶奶手中名片上的家庭地址。阙暮雨仔细确认了一番，罗潇父亲的名字，正是罗成功，他对这个名字印象很深刻。

见阙暮雨看得仔细，一旁的李老师也瞄了一眼，叹道："是她呀。"

阙暮雨一挑眉："老师知道她？"

李老师说，罗潇资质很是不错，就是一直不肯将心思放在学习上来，罗潇的父亲找过学校老师很多回，一直想找一个家教。可要么是罗家暂时付不起家教费，要么就是一直没有合适的人选。

看起来李老师对这个学生很是惋惜。

阙暮雨笑笑，在心底打定了主意："那李老师，不如您帮我联系下这个学生家长，我去替她补课吧。"

重点大学的学生会主席阙暮雨主动提出要当家教，李老师自然求之不得。

很快，阙暮雨顺利与罗成功取得了联系，他所收取的家教费，恰好就是奶奶花在保健品上的三千块钱。这钱对于阙家来说并不多，却是奶奶辛苦积攒下来的打算去医院看病的钱，没想到中途被罗成功给忽悠了，钱花了个精光。

没想到，罗成功很爽快地答应了。

事情进展得出乎意料的顺利，罗成功包括他的女儿罗潇都很信任他。他如愿举报了罗成功，还将以学费的方式拿回奶奶的钱。他没打算拿了钱就走人，而是一直尽职尽责地帮罗潇补习功课，他自认已经很对得起罗家了。

可不知道为什么，他渐渐有些良心不安起来，他不敢和笑容满面、对所有事情都毫无所觉的罗潇对视，他怕那一眼的对视，会让他溃不成军。

明明可以有更好的方式，他却偏偏自私地选择伤害无辜的罗潇的心。罗成功的因，不该让罗潇来吃这个苦果。

可箭在弦上，不得不发。

他觉得，她永远永远也不会原谅他了。

一年后，罗潇凭借自己的本事考上了那所重点大学。

她曾在校园里见过阙暮雨，他在学校人气很高，不仅是学生会主席，还加入了校篮球队。罗潇跟着关系不错的小伙伴找了位置在体育馆坐下，围观有他在的比赛。他很显眼，周围的同学都在为他欢呼。

看着看着，她的思绪却渐渐恍惚起来。

那次之后，阙暮雨找过她几次，敲门的声音依旧很大，明明隔

他人等送伞、
、我在等雨停

着好几扇门，却还是清晰地传到了罗潇的耳朵里，可这次，她选择不开门。

她给阙暮雨的家教费是两个月的，满打满算，他才上了一个月的课，短短一个月的补习像是一场梦，一场可笑荒诞的梦，罗潇不愿自己再回到梦里。

随着时间慢慢推移，新的学期开始了，阙暮雨忙于学业，渐渐地，敲门声再也不会响起，罗潇心底却莫名怅然失落。

她曾以为，她永远永远也不会原谅他了。

· 柒 ·

后来，罗成功从警局出来了，他开了家保健品店，手续齐全，再也不敢钻空子声称能治百病了。他能改过自新，也算是吃一堑长一智了。

他听罗潇说了阙暮雨的事情，却并没有生气，而是笑呵呵地告诉她，他之所以会被抓，是他与阙暮雨商量好的。

在那次夜宵后，阙暮雨曾私下里找过他，明明白白地坦诚了自己的身份和目的。自负的罗成功大怒，让他滚开。

可意外突如其来，之前的投资商突然变卦，拿着他的全部积蓄消失得无影无踪，对方笃定罗成功不敢报警。罗成功这才意识到了自己的不对，当一个骗子被另一个骗子欺骗时，他慌了，他无所适从不知道该怎么办才好，他的确没有胆量报警。

这时，他想到了阙暮雨。于是他与阙暮雨联手，一来认了自己的罪，二来能借助警方找到那个溜之大吉的投资商。

而这些，阙暮雨从来没有跟她提起过。

也许是这边的欢呼声太大，吸引到了阙暮雨的注意，比赛途中，他一直频频朝这个方向看过来。

比赛结束后，他推开欢呼的观众走到罗潇跟前，他笑容如昔，说："对不起，罗潇，我们能不能两清了？"

罗潇从短暂的怔忪中回过神，她笑着摇了摇头，却提起了另一回事："所以阙暮雨，你欠我的剩下一个月，连本带利，打算什么时候偿还？"

小编有话说：

很喜欢阙暮雨给罗潇补习的片段。厚脸皮罗潇撩男主真的可以说很"有爱"了，看得我老脸一红。这是一篇很温暖的短文，虽然中间也有误会，也有分开，但最终他们还和好如初，黑暗之后依旧迎来了曙光。

小花话题
记忆里的那个人啊，我有点想你了

假若他日相逢，我将何以贺你？以眼泪？以沉默？

—— 拜伦《春逝》

在我们的记忆深处，总会有一个人，会让我们想起时浮起万般情绪。

这个人，可能是带给我们关爱的亲人，可能是在我们人生旅程留下足迹的朋友，也可能是我们无法忘却的那个他……

我们或许在某个岔路口走散，又或许因为命运而离别。

但他们始终在我们的心里封存着一块小小的空间，有点心酸，却足够珍惜。

如果有机会再见，你会对他／她说些什么呢？

晏生

已经不记得大概是读小学几年级的时候，班上来了个转校生。

女孩子，个子特别特别高，说话时带着很重的外地口音。

听说是因为父母过来打工，她跟着一起过来的。

她的手工做得非常好，午休时间老是不睡觉，偷偷用棕榈叶折玫瑰花和蛇。我不记她的名字，她把折的花送给我，每天小小的一束。一来二去，就混熟了。

我们俩交流得有点费力，我常常纠正她的普通话，她炫耀着她那儿的方言，教我吃饭怎么说，螳螂怎么说，打雷和闪电怎么说。

我以为她会待很久，但是第二学期开学她就没有再来，据说是跟着父母又去了别的地方。

没有道别，就是这样再也没有见过了。

如果能够再见面的话，我也送她一束花好了。

打伞的蘑菇

藏在记忆深处的，是一张稿费单。

很小的时候参加一个喜欢的作者的贴吧活动，拿到了人

他人等送伞、
、我在等雨停

生第一笔稿费。

开心不言而喻，但随之而来的还有漫长的失落。

就像看到这个话题的时候，我第一反应是没有什么藏在记忆深处的人。

不是没有，是不想去回忆。

简媜说："追忆内心深处某一朵珍贵玫瑰的倒影是一件危险又芬芳的事情。"

危险的是我抵挡不住逝者如斯的伤感。

而那篇稿子写的就是一场回忆。有关小时候的一个朋友，人生里第一个朋友。

我小时候啊，真是一个又闷又孤僻的小孩，宁愿自己跟自己玩，也不会主动去找别的小朋友玩。

后来，遇见了她吧。也不算遇见，是她主动走到我面前，说："我做你朋友好不好？"

她赐予了我一段人生。

后来我们分了学校，就没再见面了。

都过去十多年了，如果再见面了估计也不知道该怎么开口说第一句话吧。

所以我想我只能把那篇小作文给她看。原本是想给她看稿费单，但单子被我拿去换钱了，所以只有那篇小作文。

不长，但是很啰唆。我猜她一定会耐着性子看完，看完之后就会知道了。

我说不出口的话，是这么些年，我一直特别特别想她。

姜辜

那我讲一下，我的灰色毛衣情结。

就是我——在我还很小（也没有很小，就是高三）的时候，在长沙学专业，就大冬天的，不是省考嘛，我坐公交车晃呀晃地去湖大还是湖师大考试来着。然后咧！我没有座位，我就站在下车的车门附近，边上站着一个穿着灰色毛衣，然后应该也是去考试的高个儿男生。

重点是——还蛮帅的。

但那时候的我，脸皮较薄，只敢偷看人家，然后就——下车了。

所以如果，有机会再相遇，我一定要认真地告诉你，你偷偷笑我矮但给我让了那个矮一些的扶手被我注意到了。另外，我下车的时候，你还在看我我也看到了——嗯，扫一下二维码好吗，我好喜欢你的灰色毛衣。

狸子小姐

那我来说说我的初中地理老师吧。

她绝对是我最喜欢的一位老师，也是因为她，我对地理产生了浓厚的兴趣。她总是能够很好地把握时间，教了我两年，几乎没有拖过一次堂，当然我最佩服她的一点是——手绘地图，每次一上课就会在在黑板上画幅地图，当时真是让我崇拜不已。

如果再见面的话，我想对她说，对不起，我高中不应该抛弃地理，作死地跑到理科班去混的。

闻人可轻

夏天是一个让人想起来就充满西瓜、汽水、冰激凌的季节，有狂热、激情和永远也熬不完的夜。

很早以前，早到现在想起来印象已经模糊到不成形，那个时候抬头，还能看到城市上空星光灿烂的夜，而现在最多只是七八颗星在天外。

时间过得太快也太慢，太快是转眼老 X 已经离开了七八年，慢是因为我竟然还没有学会适应。

那个占满了我整个童年和青春的人，在夏天迎接了我生命的到来，又在夏天让我送走了他短暂的一生，而他穿着白衬衫从我身后走来接过我肩上书包的一幕，却永远鲜活，无法遗忘。

如果能再见一面，我想告诉他，嘿，老 X 别太累了，我们不在你身边的日子，你也要好好照顾自己，好好吃饭，好好睡觉，好好生活。

还有，你离开的第八年，很想你。

晚乔

和许久不见的人久别重逢会说什么……我好像没怎么想过这个问题，因为习惯顺其自然，一般道别就道了，没道就没道，以后能不能再遇见都不会想得太多。真要和这个问题扯上关系，我使劲想了几天，也就一个人吧。

关于这个人的故事挺长的，回过头看看，感觉说出来跟编的似的，特别不现实，所以就不放前情提示了。也没什么重要的事，只是有件事一直没机会解释。

那个时候，他把手放在我的手上，而我抽开，并不是因为我不喜欢，只是我的袖子有点脏，他的却很干净。

虽然时间已经过去了很久，说出来也改变不了什么，但现在想想，如果他能知道就好了。

他人等送伞

我在等雨停

野桐

　　从小学一起玩的朋友，感情真的变好是在小升初的暑假，我们两个人窝在她家里玩游戏，一直到初一后她转学去了其他省市，从此以后我们每年只有过年的时候才能见上一面。

　　她是那种功课做得不是很好，什么都只是个半吊子的人。

　　高考完的那个暑假她恰巧回来，我们约在外面，聊到住宿生活，她给了我很多经验。

　　那时候我才发现，以前那个做什么都不行的人已经在不知不觉中变成了一个比我厉害好多的人。

　　嘿，朋友，记得有一年我们吵架吗？你很在意我说话时候对你只是"同学"的这个称呼。

　　其实你不知道，我每次都跟人说你是我发小。是那种从很小很小的时候就认识，然后陪伴着长大，各自去面对不一样的世界，然后终于有一天，我们回到原来的地方，聊起小时候很皮的事情还能捧腹大笑。

　　你好像比我更懂得怎么跟这个世界相处，也更愿意去接受这个世界每天都不一样的新奇和阻碍。

　　所以我一直觉得，你是个很优秀的人。

　　下次见面应该就是你的婚礼了，真好啊，祝你以后也依然勇敢。

海殊

　　记忆深处的人肯定是有的，只是不想说，太伤心伤肺。

　　说另一个吧，我小学老师。

　　这么多年学习生涯印象最深的还是他，他教我们的时候大学刚毕业，班上一共十五个学生。他一个人教我们所有课程，还会弹钢琴。小时候懵懵懂懂的印象是他简直全能，我以后也要当老师，或者找个他那样的人嫁了，哈哈哈哈。

　　五年级的时候升学，他调任，我们这些学生四散求学，从此以后再也没见过。

　　好几年后，听说他结婚后带着妻子回到我们那个小地方来过，只不过学校早就不办了，人去楼空。我现在都还记得全十五个人的名字，记得他带着我们漫山遍野地乱跑，那是我学生时代最单纯快乐的时光和记忆。

　　听说他生了个很可爱的女儿，发福得挺严重，那年没有见着还挺遗憾的。

　　如果遇见，也不说啥，就闲聊闲聊也挺好。

森木岛屿

昨晚梦见穿回几年前的课堂上，被老师喊学号提问，智商没穿回去的我表示一脸茫然。高冷如 Y 就坐在我旁边，不光不给我递小字条，还不准小组长帮我，就我熬夜看小说这件事训了我一顿之后，然后就……自己替我上去做了题……

虽然后来我们发生很多误会与争吵，但还是感谢你啊。

如果再见，我想说——

哎，王者出新模式了，开一把游戏不？哈哈哈哈哈哈！

【事实上，那天半夜爬起来，我也这么问了，然后，又被训了一顿。（嘤嘤嘤，我到底做错了什么？你上辈子是教导主任吧？）】

鹿拾尔

小学的时候我有一个要好的朋友，她暂住在亲戚家里，转个弯就能到我家。

于是，每天上下学我都和她一块同行。路上我会跟她讲我编的故事，边走边讲，路边小店的名字都能成为我故事里的主角。偶尔我会编鬼故事，不止会把她吓到，也会把我自己吓到，她是我最忠实的听众。

　　每天我和她会抄小道回家，某天我们突发奇想，把我们笔盖上的小兔子模型还有几卷用完的胶带埋在了那条小道的墙角下，插了根小树枝做记号，并郑重地说十年之后要把它挖出来。

　　后来小学升初中，我和她不在一个班，她也不再住在亲戚家里。

　　那条小道长满了杂草，遍布着毛毛虫，我再也不敢走那条路。

　　偶尔见了面，只会生疏地笑着打个招呼。

　　再后来，我们再也没见过。

　　如果有幸再见到她，我想对她说，嘿，你还记得我们的十年之约吗？虽然记不清是几月几号了，但，十年已经到了哟，你还来吗？

　　　　藏在记忆深处的那些过往，
　　　　其实正是我们无法抹去的青春。
　　看到这里的你们是否也想起了记忆里的那个人呢？

图书在版编目（ＣＩＰ）数据

他人等送伞，我在等雨停 / 小花作者 著. -- 贵阳：
贵州人民出版社，2018.12（2021.4重印）
ISBN 978-7-221-14940-4

Ⅰ. ①他… Ⅱ. ①大… Ⅲ. ①短篇小说－小说集－中
国－当代 Ⅳ. ①I247.7

中国版本图书馆CIP数据核字(2018)第268894号

他人等送伞，我在等雨停

小花作者/著

出 版 人：苏　桦
出版统筹：陈继光
选题策划：大鱼文化
责任编辑：胡　洋
特约编辑：欧雅婷　杨吉晨
装帧设计：孙欣瑞
封面绘制：哈　鲁
出版发行：贵州人民出版社（贵阳市观山湖区会展东路SOHO办公区A座
　　　　　505081）
印　　刷：北京时尚印佳彩色印刷有限公司
开　　本：880×1230毫米 1/32
字　　数：200千字
印　　张：9.125
版　　次：2019年1月第1版
印　　次：2019年1月第1次印刷
　　　　　2021年4月第2次印刷
书　　号：ISBN 978-7-221-14940-4
定　　价：45.80元